Marilita Gnecco
de Camargo Braga

Patio Andaluz

mórula
EDITORIAL

REVISÃO
Marilia Pereira

FOTO DE CAPA, FOTOGRAFIAS E COLAGENS
Marilita Gnecco de Camargo Braga

CIP-BRASIL. CATALOGAÇÃO NA PUBLICAÇÃO
SINDICATO NACIONAL DOS EDITORES DE LIVROS, RJ
Elaborado por Meri Gleice Rodrigues — CRB 7/6439

B814p

Braga, Marilita Gnecco de Camargo
Patio Andaluz / Marilita Gnecco de Camargo Braga.
– 1. ed. – Rio de Janeiro: Mórula, 2024.
100 p. ; 21 cm.

ISBN 978-65-6128-028-0

1. Romance brasileiro. I. Título.

24-91629 CDD: 869.3
CDU: 82-31(81)

Rua Teotônio Regadas 26 sala 904
20021_360 _ Lapa _ Rio de Janeiro _ RJ
www.morula.com.br _ contato@morula.com.br
morulaeditorial morula_editorial

Agradeço aos personagens e aos amigos que me incentivaram.

O telefone tocou no quarto do hotel. Era a recepção informando que o Sr. Ricardo havia chegado e me aguardava. Ele estava muito atrasado por causa da tempestade que se abatia sobre Buenos Aires havia horas. Ansiosa, enquanto o aguardava, sentada na poltrona do quarto, pronta para sair a qualquer momento, o pensamento vagava sobre nem sei o quê.

Nosso quarto não tinha janelas para a rua. Eu conseguia acompanhar a chuva, que caía sem parar, olhando o fosso que fazia com que o quarto ficasse de frente para outro localizado no final do corredor. Tinha que me reprimir para não ficar olhando o tempo todo e dar a impressão de que bisbilhotava a privacidade dos vizinhos.

Desliguei o telefone, peguei um casaco para me proteger do frio do outono portenho, fechei o quarto e aguardei o elevador chegar. Esses poucos minutos entre o toque do telefone e o saguão do hotel pareceram mais longos do que a hora de atraso do Sr. Ricardo. A minha mente estava concentrada em pensar como seria esse senhor que eu finalmente conheceria quando chegasse ao térreo. Assim pensava eu, naquele momento, que iria encontrar um completo desconhecido. A história seria outra...

Um momento do luto

ERA 13 DE MAIO DE 2009. Meu companheiro Henry e eu havíamos chegado a Buenos Aires três dias antes. Levávamos na mala um pacote especial, embalado com carinho. Por fora, uma linda caixa com motivos floridos em diferentes tons de amarelo. Uma elegante fita larga de cetim amarelo escuro fechava a caixa com um grande laço. Parecia um presente. Era justamente essa a ideia, caso a alfândega nos parasse para verificar o conteúdo das malas. Pelo mesmo motivo, e para evitarmos parecer suspeitos, havíamos escolhido roupas de bom gosto e de boa qualidade, de modo a passarmos sem atrair atenção devido a alguma vestimenta esquisita ou que se destacasse pelos motivos errados: exagerada ou desgastada. Nada de tênis despojado nos pés: ele usava um sapato de couro e eu um sapato cor de vinho de salto alto. Afinal, é bom lembrar que a Argentina tem um viés europeu acentuado como em vários aspectos da sua arquitetura, de seus cafés, da vestimenta invernal da classe média.

Dentro da caixa de "presente", um saco plástico transparente, que me fora fornecido pelo Crematório Paulista da Vila Alpina, continha as cinzas da minha mãe Catarina, falecida em março daquele ano. O saco estava fechado com um barbante de juta no qual haviam sido dados dois nós apertados. Coincidentemente, sem qualquer planejamento para tanto, aquela viagem tinha se iniciado justamente no Dia das Mães, celebrado no Brasil.

Quero retomar a lembrança do momento envolvendo a cremação. Realizei o desejo de Catarina e que também era o meu. Nem sabemos quando o luto começa e se termina em algum momento antes do nosso próprio fim. Por vezes, tem início enquanto a pessoa, da qual cuidamos, definha, mas ainda vive. Em seguida à morte, as emoções estão ali, presentes, mas contidas — à exceção dos primeiros momentos — devido aos inúmeros componentes burocráticos nos quais somos envolvidos. Se formos o único filho de alguém sem parceiro de vida, todas as tarefas ingratas recaem sobre nós, a menos que alguma ajuda se apresente.

A cremação sempre me pareceu propiciar um final mais "limpo" ao corpo sem vida. Impede pensamentos impossíveis de conter a respeito do que passa a ocorrer com um corpo querido e que estará dentro de um caixão enterrado. Pensar no mesmo corpo e no seu contato com o fogo, um elemento vital, me reconforta. A descoberta de como produzir o fogo propiciou enorme evolução para a humanidade. Ele tem estreita relação com outro elemento vital para poder existir, o ar. Ele se nutre do outro, fundamental para a sobrevivência na Terra. Assim enxerguei e ainda distingo a sua potência, a sua propriedade e o conforto que ele poderia me trazer em momento tão difícil. Para qualquer subsistência, outro propulsor de vida — além desses dois elementos — é o amor, nas suas variadas formas e intensidades. Essa combinação de ingredientes impulsionadores de vitalidade está no âmago da narrativa que virá.

O fogo produz luz, encantamento, atração, cores. Na astrologia, consideram a relação do fogo com a ação, a vitalidade, a força. Alguns estabelecem sua ligação com a conquista da liberdade. Embora eu não seja uma pessoa esotérica, essas simbologias e associações parecem ofertar maior sentimento de paz e tranquilidade a quem tem a responsabilidade por tomar a decisão derradeira sobre o corpo sem vida de quem amou.

Foi pensando dessa forma que encaminhei a burocracia necessária até chegar ao crematório. A partir de então, tive a certeza de quão adequada havia sido a minha escolha. A primeira certeza se deu justamente quando, com a maior delicadeza, a atendente sugeriu que eu comprasse, numa papelaria, a caixa mais bonita de acordo com meu gosto, para guardar as cinzas. Ela deve ter percebido meu olhar de espanto ao ver as urnas esteticamente horríveis disponíveis no local e teve a sensibilidade de me "entender". A segunda, foi quando essa mesma pessoa me mostrou um cardápio de músicas e me pediu para escolher qual eu considerava a mais bonita para acompanhar a cerimônia.

Finalmente, a terceira certeza foi quando entrei no sóbrio anfiteatro revestido de mármore no qual todos os presentes sentaram-se num semicírculo, em volta do caixão de Catarina. Considerei o silêncio a forma mais adequada de reverenciá-la e, ao som de "Lou Baïlèro" cantada por Sarah Brightman, o caixão foi baixando até desaparecer. Alguns versos finais são bastante expressivos para tal momento:

(...) as águas nos dividem
E eu não posso atravessá-las
Cante "baïlèro lèrô" (...)

Acertei totalmente na escolha da música. Já a conhecia, pois gostava muito da voz excepcional da Sarah Brightman, cantora soprano inglesa cujos discos eu ouvia avidamente. Porém, a partir de então, essa canção se tornou especial. Por esse motivo, fui verificar mais a fundo a minha atração por aquela música, em particular naquele momento. O extrato da letra mostrado já indica afinidade com a ocasião.

Outras características são apenas manifestações da minha predileção por alguns pensamentos e realidades particulares e inusitadas. Tenho atração pelo que não é de entendimento fácil, banal ou descomplicado. Gosto do que demanda um olhar mais aguçado para entender: textos, situações, filmes e pessoas. Descobri que a canção original foi composta, em língua occitana, pelo francês Joseph Canteloube, um importante músico e pesquisador de músicas populares. Ou seja, sem qualquer religiosidade envolvida, minha sensibilidade captou uma composição que remete a uma troca de informações a distância (no caso, entre uma pastora e um pastor). Distância infinita e definitiva se estabelecia entre minha mãe e eu. Poderia ainda haver algum tipo de conexão racional entre nós? Penso que esta história explora essa possibilidade, aproxima nós duas de forma pouco comparável com outras situações que existiram em vida.

Aqui deve-se inserir um questionamento a respeito da conexão familiar, em especial entre mãe e filha. Reconheço desde cedo os traços de caráter que nos conectam, as semelhanças nos pensamentos e nas ações. Sem falar na parecença física extremamente presente. Há conformidade identificável nas atitudes. Somos sempre assim, mães e filhas? Há correspondência inegável que nos une? Escrever sobre mãe nos faz refletir sobre a forte herança materna que está sempre presente nas vivências, nos embates e nas confrontações em nossas vidas, a começar por aquelas que se passam exatamente entre essas duas pessoas: a mãe e a filha.

É um relacionamento intrincado, complexo e certamente muito confuso. Esse emaranhado nos segue, mais a umas do que a outras, mas penso que a todas nós mulheres, de alguma forma. Muitas vezes fico intrigada sobre a origem de uma reação minha e penso se estou reproduzindo Catarina espontaneamente, em determinadas circunstâncias.

Já fui a inúmeros, e alguns dolorosos, velórios, enterros e cremações. Todos enfrentaremos esses momentos. Aquele que menos angústia me causou foi justamente o da minha mãe, por todo o simbolismo nele envolvido, a começar pelo respeito à sua vontade e à minha convicção pela cremação. Importante mencionar que não encontrei qualquer voz dissonante que tentasse me fazer caminhar para outro tipo de resolução. Nem mesmo Henry, cuja crença religiosa tende a enterros e (talvez) não a cremações, demonstrou qualquer contrariedade com relação às minhas definições.

Isso me dá conforto... assim como tudo o que virá a seguir. Não sei de onde vieram as escolhas realizadas, talvez a partir da disposição de fazer a coisa certa para mim e de ter confiança de que isso seria possível. Uma delas sei que não partiu de mim. Foi Henry quem me advertiu de que eu deveria esperar e refletir com calma a respeito do destino das cinzas. Ele reconhecia minha inquietude, meus ímpetos em resolver o que fosse necessário no menor tempo possível e conseguiu colocar o devido freio. Isso propiciou a reflexão mais pausada sobre desfechos, desejos e tudo o mais que envolvesse o destino dessas cinzas. E quando meu arbítrio definiu o que melhor deveria ser feito, ele me apoiou integralmente.

Catarina

AO RETOMAR OS ATRIBUTOS EXISTENTES em torno do fogo, imediatamente conectei as características desse elemento à minha mãe Catarina. Ela era o próprio fogo, a vitalidade, a ação, os diferentes coloridos e matizes, a liberdade conquistada e a dificuldade em freá-la, a força, a energia, o desejo de não ser reprimida e de se aventurar. Sem qualquer dúvida, a vida perto dela não era nada monótona. Costumo dizer que ela foi a primeira feminista que conheci... desde o berço.

Falar sobre ela é fundamental para poder entender a história que virá, totalmente fora dos padrões para o final dos anos 1950 e 1960. Ela não era uma mulher típica daquelas que nasceram nos anos 1920 como ela. Ela era muito diferente, para o bem e para o mal: conviver com ela poderia ser algo inacreditável, mas também um tormento. Fico imaginando que as pessoas geniais, admiráveis, aquelas que tiveram uma mente privilegiada e bem alimentaram essa mente, ousaram transgredir os limites impostos por uma época ou ao seu gênero, são ao mesmo tempo brilhantes e difíceis. Ela se formou em Direito na década de 1940, época na qual "meia dúzia" de mulheres completava um curso superior.

Isso é nem um pouco irrelevante para tentar supor as dificuldades enfrentadas por elas. O matrimônio e o "lar" eram, sem dúvida, o destino mais evidente e "fácil". Além disso, era sobretudo esperado que se tornassem mães, por óbvio dentro do casamento.

Há ainda uma particularidade adicional que não tornou a vida de Catarina de modo algum descomplicada, muito pelo contrário. Aos 6 anos de idade, contraiu uma poliomielite, a famosa "paralisia infantil", em época várias décadas anterior à existência das vacinas dedicadas a essa doença. A Organização Mundial de Saúde só veio a produzir e a aplicar a vacina oral por volta de 1962.

Catarina nasceu muito antes de poder ser contemplada com tais avanços no controle da doença. Sobreviveu após longa enfermidade, porém com uma perna totalmente atrofiada, mais curta e muito mais fina, o que causou um desvio na sua coluna vertebral e intensas dores permanentes ao longo de toda a vida, além da necessidade de usar eternamente sapato ortopédico, feito sob medida, mesmo após cirurgias que tentaram minimizar o problema. Poder caminhar foi, sem dúvida, sua grande e expressiva vitória. Lembro de quando teve que colocar prótese na cabeça do fêmur e do reaprendizado da caminhada, mas com grande empenho da sua parte. Ao final, viveu um longo período no qual a bengala era sua companheira. Felizmente, o tempo como cadeirante não foi excessivamente longo... imagino que para ela, sim.

Em contrapartida, ela era incrivelmente bonita, sempre bem arrumada, bem penteada, vaidosa, usando colares, brincos e pulseiras, joias ou bijuterias. Jovem, tinha roupas invejáveis, assim como durante seu casamento e mesmo após o fim dele. Os tecidos eram importados, pois a tecelagem nacional ainda não oferecia o buscado requinte. No início, ela mesma confeccionava suas roupas, pois sabia

Catarina

costurar, bordar, fazer tricô e crochê. Depois, já formada e casada, conseguia modistas que fabricavam roupas, chapéus e adereços. Mais tarde, as viagens eram uma fonte de abastecimento do seu guarda-roupa com peças inexistentes nessas paragens.

Tocava piano — músicas clássicas e populares — e violão, além de cantar e assobiar como poucas vezes ouvi alguém fazer. Eu ficava fascinada por esse assobio, pois sempre fui uma nulidade em tal quesito. Não é à toa que ela chamava a atenção onde quer que entrasse ou estivesse. Além de tudo, era inteligente, falante, risonha e espirituosa. Infelizmente, as duas últimas características foram se perdendo ao longo da vida, sendo substituídas por um certo rancor, belicosidade e maior depressão.

Hoje compreendo que, para ela, era também penoso e doloroso ter que se impor diariamente pelo simples fato de ser mulher, sobretudo quando se separou do meu pai, numa época em que ser uma "desquitada" — mulher legalmente separada do marido, mas impossibilitada de contrair novo matrimônio — trazia a negatividade de uma reputação totalmente duvidosa. As famílias "normalmente constituídas", segundo conceitos tão equivocados então quanto agora, buscavam se afastar dessas mulheres malvistas, pois mulheres livres poderiam cobiçar o marido alheio, um perigo para a suposta estabilidade de relações nem tão cristalinas quanto à fidelidade e à felicidade estampadas. Quando se tornou uma "divorciada", acompanhei o contentamento que isso trouxe, indicativo de uma maior libertação para as mulheres, como se o reconhecimento de um novo estado civil trouxesse um avanço, o que de fato foi. Vi sua militância em prol da aprovação do divórcio e felicidade pela conquista que ajudaria a mudar a vida das brasileiras que rompessem com o vínculo matrimonial.

O ano era 2009...

O DESEMBARQUE NO AEROPORTO de Ezeiza, em Buenos Aires, foi como previsto, não fomos parados e a caixa chegou intacta ao hotel onde nos hospedamos. Eu havia escolhido um hotel suficientemente perto das ruas mais centrais, de modo que pudéssemos nos deslocar a pé com frequência. O local era mais calmo, no bairro Retiro, longe do agito maior que toma conta da cidade. Distava menos de três quadras da bonita e arborizada Plaza Libertador General San Martin, bastante próxima do Rio da Prata. Essa praça abriga o monumento a *Los Caídos en Malvinas*, dedicado aos 649 soldados argentinos mortos, em 1982, na Guerra das Malvinas, entre Argentina e Reino Unido, pela soberania sobre o conjunto de arquipélagos. O Reino Unido manteve essa soberania, porém tal guerra teve o mérito de contribuir para a queda da ditadura militar argentina. É lá também que, frequentemente, os argentinos se reúnem para torcer por sua seleção nacional de futebol, durante competições como a Copa do Mundo na qual a Argentina se sagrou tricampeã. Hoje, depois de crises e anos de pandemia por causa da Covid-19, esse hotel não mais existe, como muitos outros locais, em diferentes países, que fizeram parte da vida de todos nós.

Monumento aos Caídos
en Malvinas

Plaza General San Martin

Nosso objetivo estava bem definido. Teríamos pouco menos de quatro dias para deixar as cinzas de Catarina em local que pudesse representar um descanso final nesta cidade que tanta atração tinha exercido sobre ela. No total, ela teria realizado mais de 20 viagens até lá. O número exato eu não saberia precisar. Frequência semelhante, mesmo que inexata, é inédita para quem não é forçado a ir a um lugar, em outro país, por motivo de trabalho ou qualquer obrigação, por exemplo.

O segundo intento era deixá-la o mais próximo possível do amor da sua vida, um argentino, evidentemente. Assim, 51 anos após se conhecerem, ela e Octavio finalmente estariam eternamente na mesma cidade, de alguma forma, como tantas vezes sonharam. Era um "estar" essencialmente figurativo, já que a matéria dos dois corpos que se amaram não mais existia.

O início de tudo

NA VERDADE, ESTA HISTÓRIA COMEÇA em 1958. Eu tinha 8 anos de idade e meus pais ainda estavam casados legalmente, num matrimônio totalmente falido e sem qualquer perspectiva de ajuste, embora eu não tivesse essa consciência naquele momento. Me pergunto se eu realmente não teria algum tipo de percepção do que se passava entre eles. Por mais que se queira omitir das crianças, coisas, gestos, reações, sentimentos, de alguma forma a sensibilidade delas capta algo diferente daquilo que o adulto acha estar demonstrando.

Me lembro bem de um episódio nessa época. Jamais esquecerei de como ele se passou. Eu estava no banco traseiro do automóvel dirigido por meu pai e minha mãe na frente com ele. Estávamos chegando na garagem para estacionar o carro, antes de entrar em casa. O silêncio foi rompido por uma frase dita espontaneamente por mim, sem qualquer inibição, como era minha característica, de não mentir e falar o que pensava. Declarei em alto e bom som que havia decidido "não me casar: eu iria ter um amante".

O mundo caiu! Meu pai ficou exaltado, começou a esbravejar com a minha mãe, responsabilizando-a por me deixar ouvir conversas de adultos e, consequentemente, não me dar limites para pensar como criança. Minha mãe ria, achando tudo muito engraçado, divertida com a minha inventividade, julgando ótimo eu deixar minha imaginação fluir, exprimindo-a sem embaraço. Ou seja, usufruindo da liberdade que ela desde cedo incutiu na minha vivência.

Esse acontecimento, tão próximo da futura separação entre eles, aponta que algo de esquisito já era por mim percebido, uma vez que eu declarava não querer me casar. Posteriormente, vim a tomar conhecimento do quão distante aquela união estava de algo que pudesse dar certo. Ainda hoje, continuo descobrindo coisas e unindo retalhos de várias histórias de vidas envolvidas ao redor, todos se conectando para apontar o desequilíbrio existente.

Meus pais viajavam bastante e separadamente. Meu armário exibia uma coleção invejável de bonecos de inúmeros países. Essas viagens, cada um para seu lado e em diferentes momentos, eram justificadas pelo fato de não me deixarem sozinha e de que alguém tinha que ficar responsável por manter o escritório de advocacia funcionando, já que meu pai também era advogado. Com certeza, essas não eram mais as únicas razões, apenas desculpas formais.

Ser filha única faz parte desse cenário do casamento em decomposição. Depois da separação e quando ganhei mais idade, minha mãe repetiu incansáveis vezes que tinha a certeza de não ser possível ter mais filhos, nem naquele casamento, nem em qualquer outra relação. Ela frisava que sempre desejou ser mãe, não importava o sexo da criança, mas que eu bastava enquanto concepção e para o exercício da maternidade desejada. Fui criada por ela com alegria, companheirismo, apoio e cumplicidade. São características não muito comuns, todas juntas, na composição da relação familiar, no meu caso, da relação mãe e filha. Muita brincadeira e muitos cuidados com minha formação escolar e artística me cercaram. Ela se desdobrava em muitas mulheres, como é comum acontecer, já que sobre elas recaem muitas responsabilidades: trabalho, acompanhamento e criação dos filhos, além das incontáveis tarefas domésticas. Em muitas uniões, quase não tem importância a presença masculina no suporte e na divisão dos inúmeros afazeres e obrigações. Quando acaba o vínculo matrimonial, a carga sobre a mulher se torna, no geral, ainda maior.

No início de março de 1958, minha mãe fez uma viagem a Buenos Aires. Precisamente no dia 08 de março, ela visitou a casa do Governo, a Casa Rosada, numa visita guiada. Como várias outras recordações, ela guardou o passe que liberou seu ingresso, assinado por Octavio. Ele era assessor do então Presidente Pedro Eugenio Aramburu e, talvez, responsável por receber os visitantes, além de outros encargos. Foi assim que se conheceram. Os franceses diriam que houve un *coup de foudre*, um raio, um amor à primeira vista.

Quase nada sei sobre esse momento ou aqueles seguintes. Nem mesmo sei quantos dias ela permaneceu em Buenos Aires. Fico pensando nas coisas que não perguntamos às pessoas que nos são queridas e próximas, episódios e acontecimentos dos quais jamais saberemos detalhes depois que elas partem. Ficamos com buracos na nossa própria história de vida que não serão preenchidos. Porém, muitas vezes, ou quase sempre, não temos paciência para ouvir relatos do passado, da família, e acabamos interrompendo o fio da narrativa que está sendo feita pelos mais velhos. Muito tempo depois, iremos nos arrepender inúmeras vezes, porém sem possibilidade de reparação.

Exatamente por essa razão, essa história se interrompe em inúmeros momentos. As lacunas se abrem e apenas a imaginação pode tentar preencher e restaurar o que não foi registrado, escrito ou contado para ouvidos mais atentos.

Plaza de Mayo e a Casa Rosada

Catarina era afeiçoada a guardar recordações de todo tipo. Ainda tenho os bibelôs de Murano que enfeitaram a casa nos meus primeiros anos de vida, assim como recordações variadas de viagens dela e do meu pai, Marlon. Talvez esse nome o tenha influenciado a se achar parecido com o ator Marlon Brando. Mero desejo e pura fantasia! Nada tinham em comum, a não ser o nome com o qual ambos foram registrados.

Ela raramente se desfazia de algo, a menos que tivesse sido um presente alheio ao seu gosto. Assim, as diversas casas nas quais moramos foram reunindo objetos de todo tipo e, infelizmente, de diferentes tamanhos também. Algum tempo depois da separação formal de Marlon, passou a fazer parte da decoração um porta retrato de prata de lei, ou *Sterling Silver* como os ingleses chamam essa liga especial, com usualmente mais de 92% de prata. Foi especialmente comprado por ela, para uma fotografia em preto e branco, de estupenda qualidade, no pouco usual tamanho 18 cm x 12 cm, de propriedades fotográficas tão admiráveis que ainda hoje está perfeita, mais de 60 anos após a foto ser feita e não sei quantas décadas exposta. Ou seja, a fotografia merecia esse cuidado todo com a escolha do porta retrato.

Era a foto de um homem muito bonito. Apenas o rosto, o pescoço e uma muito pequena parte do peito eram visíveis. Ele trajava terno escuro, camisa branca e uma gravata com diminutas linhas e mais clara que o terno. Tudo naquele rosto era perfeito, incluindo as orelhas, uma parte do corpo humano que, junto com joelhos e pés, pode se tornar um problema para a pessoa. Não era o caso daquelas orelhas! O cabelo muito preto estava repartido do lado esquerdo. Era farto, mas muito bem penteado, brilhante, e sem entradas na testa como é muito comum nos homens. Ao contrário, a linha que demarcava o limite da cabeleira era impecável. As sobrancelhas pretas e fartas pareciam desenhadas sobre dois maravilhosos olhos claros que mais tarde aprendi serem de um lindo azul. O nariz podia ser considerado impecável, apesar de ser outro elemento que pode colocar tudo a perder num rosto. Um bigode no tamanho certo, sem exageros, mas também totalmente diferente daqueles fininhos típicos dos malandros. Finalmente, a boca, com lábios que você olha e pensa imediatamente em beijar.

Minha mãe jamais deixou de ter uma escrivaninha ou mesa de trabalho. Era ali que gerenciava sua vida doméstica, financeira, apontamentos, falava de negócios ao telefone ou marcava consultas e exames médicos, apenas para exemplificar algumas das tarefas. Obviamente, havia uma extensão telefônica nesse lugar, com o modelo do telefone mudando e se atualizando ao longo do tempo. A gaveta central da escrivaninha, a maior, continha toda sorte de material de papelaria que ela pudesse necessitar. A menor, do lado direito, guardava suas agendas, atual, antigas, de telefones e endereços. Havia uma organização bem definida. Os mais jovens deverão se indagar do que exatamente estou falando, já que a maior parte dessas coisas são consideradas arcaicas e totalmente inúteis atualmente. Herdei dela o apreço por artigos de papelaria e por uma conveniente agenda em papel que carrego comigo onde for. Adoro o cheiro de papel e, por esse motivo, só leio livros impressos. Me pergunto até quando irão permitir isso!

A gaveta do lado esquerdo, somente deixava descobrir o conteúdo após levantar um pequeno objeto, colocado logo em cima: era a primeira coisa que ela via todos os dias, ao abrir esse compartimento. Como se sentava ali diariamente, por horas, imagino que admirar o objeto fizesse parte do seu ritual cotidiano. Estou falando de uma moldura em madeira de 18 cm x 9 cm sobre a qual estava pregado, com 4 tachas, um vidro esverdeado ou azulado, da cor de uma piscina rasa bem clarinha. Catarina deve ter deixado cair esse objeto uma ou mais vezes e ele atualmente é remendado, em inúmeros lugares, com fita adesiva que já foi transparente antes de se tornar amarelada por envelhecimento. Nada alterei, deixei exatamente do modo que ela fez. O vidro tem dizeres enquadrados por uma borda de flores: *Recuerdo de nuestro viaje a Luján del año 1959* (Recordação da nossa viagem a Luján no ano de 1959). Também tem uma imagem, em alto relevo, da patrona da Argentina, *Nuestra Señora de Luján*, com seu manto azul celeste e, por trás, uma grande áurea dourada.

Ao girar esse quadrinho com a virgem e olhar sua parte traseira, vemos um gancho que permitiria que ele fosse pendurado numa parede. Catarina jamais fez isso, ele sempre esteve guardado como

A lembrança de Luján

precaução. Numa caligrafia muito bonita, está escrito *Luján 25 de Marzo 1959*. Ou seja, o relacionamento entre minha mãe e Octavio já havia completado seu primeiro aniversário.

Com a mesma tinta, três assinaturas abaixo desses dizeres: a de sua amiga Antônia, a de Lorenzo — pai de um dos filhos de Antônia, mas não seu marido — e a de Octavio. Como foi um presente a Catarina, ela não assinou. Esse foi o dia do batizado do filho de Antônia e Lorenzo, Piero, sendo que os padrinhos foram Octavio e minha mãe. Me recordo que essa era uma história nebulosa, uma vez que Antônia ainda demorou algum tempo para se separar do marido que jamais conheci. Lembro que Lorenzo era um homem bonito, porém casado, e jamais assumiu o relacionamento com Antônia. Assumiu, sim, o batismo da criança, mas não faço ideia se o registro civil do nascimento do menino continha seu nome ou o do marido de Antônia, ou nenhum deles. Uma história esquisita que não vem ao caso, além do relatado até aqui.

Não sei se foi intencional, mas minha mãe somente tirou de cima do móvel aquele importante porta retrato de prata, com a foto do belo homem, aproximadamente uma década — ou um pouco menos — antes de morrer. Ele foi para a gaveta e ficava embaixo do quadrinho com o vidro cor de piscina. As duas recordações, portanto, passaram a viver juntas.

Catarina usou, durante décadas, um medalhão de ouro preso numa corrente também de ouro, pendendo do seu pescoço. Era a Virgem em alto relevo, incrustada numa base circular com borda rendada. Só depois de sua morte, tive finalmente a oportunidade de olhar o verso do medalhão e descobri que estava gravado com os seguintes dizeres: F a C e na linha abaixo, 9-3-59. Seria a data da visita a Luján ou apenas aquela na qual o presente foi dado por Octavio, cujo nome era composto: Octavio Francisco? Talvez ele preferisse o segundo nome ao primeiro, não há como saber...

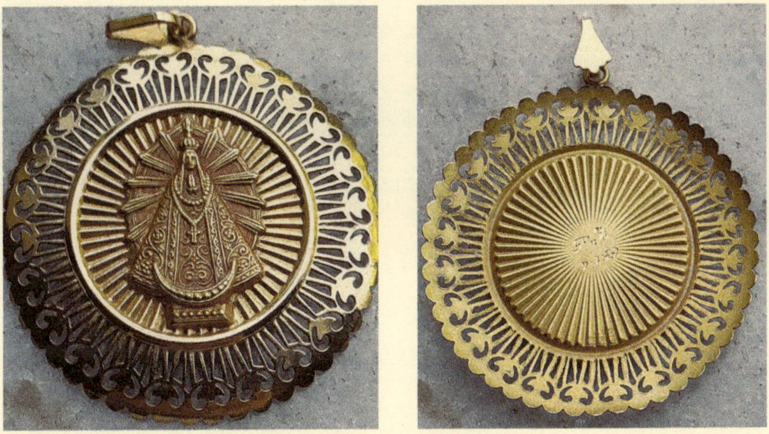

Medalhão de ouro com Nuestra Señora de Luján

Catarina guardava uma cesta retangular, com tampa, no fundo do seu armário. Jamais indaguei qual seria o conteúdo. Quando tive que desmontar o apartamento, após sua morte, me deparei com inúmeras cartas abertas, mas ainda dentro dos envelopes nos quais haviam sido postadas. Alguns achados eram cartões postais, de Natal, pequenas fotos em preto e branco de tamanho 5 cm x 5 cm, com um contorno branco picotado na borda, muito típico de uma etapa do século XX. Lá estava também o tal passe para entrada na Casa Rosada. Ou seja, essa cesta era uma espécie de tesouro de vida íntima, aquele que costumamos olhar de vez em quando para rememorar momentos importantes da nossa existência, mas que não espalhamos na mesa de jantar para serem vistos junto com outras pessoas. São particulares, privados e confidenciais.

O desmonte de uma vida

O INSTANTE DA DESCOBERTA dessa cesta teve grande impacto sobre mim, naquele momento e em outros que viriam. Ela me fez pensar durante anos naquilo que eu também teria de íntimo e de reservado e que não necessariamente gostaria de dividir com outras pessoas após minha morte. Aproximadamente 13 anos após o falecimento de minha mãe, resolvi que eu mesma deveria escolher o que, talvez, fosse me acompanhar até o final dos meus dias e as recordações materiais que eu preferiria jogar no lixo a deixar que outros tivessem essa tarefa, após imiscuirem-se na minha intimidade. Não sei quem seria essa ou essas pessoas, mas toda residência de alguém falecido é desfeita. Então, a experiência que essa caixa me proporcionou foi, além de outras, a de definir o momento no qual eu mesma decidiria o que merecia ser guardado num armário ou apenas armazenado na memória. Mesmo que essa possa acabar antes do que gostaríamos.

Guardei a cesta com cuidado, no mesmo lugar onde a havia descoberto. Haveria um momento adequado para eu me debruçar com delicadeza sobre essas lembranças. Precisava esperar por ele. Não seria no meio da colocação em caixas de papelão do que deveria ser doado, enquanto selecionava o que iria para o lixo, sobretudo papéis sem maior valor, que eu haveria de interromper essa difícil e urgente tarefa para me dedicar a ler cartas e cartões. Afinal, havia premência em cumprir a fase de desmanche do lugar. As férias que eu estava usando com essa finalidade iriam findar em breve e eu precisava retornar à minha vida e ao meu trabalho. Além disso, o quanto antes eu pudesse ter um apartamento vazio para ser colocado à venda, seria o ideal.

Separar e empacotar era uma função para a qual eu acordava cedo, iniciava logo após o café da manhã e não tinha hora para terminar. O desmonte avançava com a maior rapidez possível. Acho que a urgência em concluir esse encargo me ajudou muito no enfrentamento do luto. É penoso você se deparar com praticamente a vida inteira de uma pessoa, ter que se envolver o tanto que seja necessário em cada papel ou objeto em suas mãos para decidir, o mais rapidamente possível, seu destino. Existem pessoas que levam anos para encarar essa tarefa e concluí-la. Conheço o caso da parceira de um amigo que guardou, por longos anos, a roupa que o marido trajava quando faleceu. Um outro amigo me avisou que possui um objeto que foi a última coisa que a pessoa amada tocou antes de morrer e que ele deseja que tal objeto seja colocado no seu próprio caixão. Todas essas histórias, embora as respeite, não fazem parte do que eu gostaria de viver. Ao morar na mesma casa de quem faleceu, considero um sofrimento adicional rever diariamente objetos de uso pessoal. É necessário empenho e coragem para desfazer-se deles, mas é melhor esse tipo de confrontação inevitável, do que as dores que seu adiamento faz reavivar.

Principalmente se o destino for o descarte, você terá que lidar com as dúvidas a respeito de quão correta está sendo a decisão tomada. Você se emociona seguidamente, as lágrimas ficam por vezes incontroláveis, é necessário interromper e se reorganizar, juntar as forças e recomeçar. Então, acelerar o processo acaba fazendo bem a você, inexplicavelmente, de alguma forma. Mesmo que num tempo futuro, um arrependimento surja relacionado a alguma questão em particular ou a algum objeto do qual você se desfez, é fundamental pensar que o momento no qual tomou a decisão a respeito era outro e você fez o melhor que a situação permitia fazer.

No meio desse processo, o Crematório de Vila Alpina entrou em contato, dando um prazo para a retirada das cinzas. Findo tal limite, elas seriam espraiadas no jardim do Crematório. Foi quando me dirigi à papelaria mais próxima em busca de uma caixa de tamanho adequado e que me agradasse. Ao bater o olho na caixa que já descrevi, tive certeza de que era essa que eu deveria levar.

Assim foi feito e saí do Crematório com a caixa abrigando o saco, bem cheia e pesada. Fiquei surpreendida com o peso das cinzas e seu volume. Minha surpresa não tinha por base qualquer lógica: jamais havia visto as cinzas de um corpo, não fazia a menor ideia a que tamanho ele seria reduzido. Sem muita reflexão, tal redução a pó remete a uma associação automática com o Holocausto e o horror da criminosa entrada de pessoas nos fornos crematórios e o resultado. Então, me parece aceitável e compreensível que eu jamais tenha me detido em imaginar o que iria buscar, em maior detalhe. O trajeto de volta para casa foi permitindo que o impacto inicial se desfizesse. Pensamentos cartesianos e racionais foram tomando conta de mim. Ali no meu colo estava o que representava o remanescente físico da minha mãe e eu deveria me concentrar sobre o destino daqueles restos de forma que fizesse jus a quem ela havia sido e a como tinha vivido.

Quando o fim da etapa de desconstrução organizada do conteúdo do apartamento se aproximava, vi um anúncio de uma companhia aérea iniciando uma super promoção de passagens tanto internamente ao Brasil, quanto para o exterior. Era uma época em que tais promoções, ainda pouco frequentes, eram aguardadas ansiosamente para realizar alguma viagem sonhada, pensada ou programada. Foi nesse instante que minha mente, repentinamente, conectou momentos, objetos, situações, episódios, fatos e coisas que haviam passado por minhas mãos e pelo meu pensamento, em dias recentes, e consegui planejar a destinação do pó que representava o corpo de Catarina.

A primeira hipótese que várias pessoas haviam mencionado foi aquela que rapidamente descartei: lançar ao mar. Embora altamente romântico e poético, minha mãe, mesmo que apreciasse a praia e a beleza do mar, tinha pavor de entrar na água, já que quase havia se afogado em duas oportunidades por não saber nadar e por não ter adquirido aptidão física para tanto.

Minha mãe era essencialmente urbana, adoradora da cidade onde nasceu e viveu. Tinha laços afetivos fortes com a mãe que perdeu aos 6 anos e com o irmão falecido pouco mais de uma década antes dela. Ambos estavam enterrados no mesmo jazigo. Nada mais óbvio do que colocar parte das cinzas ao lado deles, simbolicamente. No mais famoso cemitério de São Paulo foi onde primeiro depositei uma pequena quantidade das cinzas, ao pé de uma árvore que crescia ao lado do jazigo.

Dias depois, fui a um grande parque onde ela me levava para passear quando criança e onde ela ia caminhar, se exercitando, logo após a cirurgia para prótese no fêmur. Esse local ainda tinha a vantagem de ser extremamente próximo à casa dos seus sonhos: aquela que primeiro adquiriu na vida, onde morou por décadas, durante e após o casamento. A casa era imensa, tinha 5 quartos. Ela morava sozinha e, como todas as casas de rua, tornou-se extremamente perigoso do ponto de vista da segurança pessoal guardar o carro numa rua escura, à noite, e depois entrar em casa. Foi penoso para ela ter que se desfazer da casa e mudar. Muitas vezes, tomava um táxi, fazia o motorista parar na esquina e ficava um tempo "namorando" a edificação. Fez isso com frequência até a saúde impossibilitar esse deslocamento. Minha segunda escolha para depositar cinzas foi nesse parque, ao pé de uma imensa árvore, justamente na direção da rua onde ela havia morado.

Finalmente, a derradeira preferência recaiu sobre a cidade de Buenos Aires. A conjugação do amor que eu sabia haver existido com a possibilidade de realizar a viagem me mostrou um terceiro caminho para a destinação final das cinzas. Três locais com significados especiais para Catarina, para seus sentimentos e para a vida que viveu.

Comprei as passagens para mim e para Henry, iniciando a viagem num domingo e retornando na quinta-feira seguinte, 14 de maio, bem cedo. Com o término possível de ser vislumbrado quanto às atividades necessárias para o fechamento do apartamento, com praticamente tudo ordenado com essa finalidade, era chegado o momento de cuidar do que restava das cinzas que era a maior parte delas.

Porém, eu não conseguia imaginar chegar à cidade de destino e depositar o restante do pacote em qualquer lugar. Eu estava tratando do remanescente de uma pessoa importante para mim, o que demandava o cuidado que eu havia tido até então. Também existia a significação da reunião dos dois amantes. Assim, julguei relevante ler, mesmo que sem o tempo e a atenção devida, as cartas trocadas entre eles. Supus que esses textos poderiam indicar locais expressivos para os dois e para os momentos vividos conjuntamente nesses espaços. Além disso, rememorei como havia tentado reunir figurativamente, com certa proximidade, as cinzas e o jazigo onde a minha avó e o meu tio foram enterrados. Isso reforçava a ideia de uma metafórica "união".

Onde estaria Octavio?

EU ME SERVI DE UM BOM WHISKY com gelo, sentei-me no sofá e finalmente abri a cesta com cartas. Alguns se perguntarão: o whisky era necessário? Achei que era apropriado, por gostar da bebida, por não saber o que encontraria naquela cesta, distensionando desse modo o momento que iria viver, e, até certo ponto, poderia representar um brinde a um grande amor... só restava ler as cartas para ratificar isso.

O primeiro passo foi colocar todas as cartas em ordem cronológica. Essa preocupação era de menor relevância naquele momento, porém apropriada em qualquer situação. Para o presente relato foi fundamental a sua releitura atenta, acompanhando passo a passo o tempo por eles vivido. Mas, isso fica para depois...

Sabia do falecimento prematuro de Octavio, pois estava com ela quando se inteirou. Não tinha outros elementos a respeito da vida dele, além dos aqui já relatados e de saber que era casado e tinha filhos. Rememorei que os planos dos dois era viver na mesma cidade. Não sei dizer quão provável seria a mudança dele para outro país como o Brasil, já que tinha mais idade do que Catarina e tinha posto graduado como militar. Não era um profissional liberal como ela, o que poderia facilitar transferência de trabalho e de moradia. Já a migração de nós duas para aquele país era uma vontade que eu conhecia plenamente, por demais cogitada e até planejada por ela quando eu ainda era criança. Com o passar do tempo, esse sonho foi se diluindo até se tornar totalmente irreal com a morte de Octavio.

Fui ordenando as cartas e os cartões. Lendo-os, comecei a compor um possível ritual para o restante das cinzas. Entre os cartões, estava um postal do Patio Andaluz localizado no Parque de Palermo. Desde sempre, eu a ouvia contar que Octavio a levara a conhecer o sítio e que ela havia se arrepiado toda ao adentrar o Patio, já que sentiu que havia sonhado anteriormente com um espaço extremamente parecido. Ela ficara muito perturbada com essa eventual coincidência e contava essa história seguidamente.

Teria sido o famoso *déjà vu*? Ou seja, um fluxo de ideias que desencadeia no indivíduo uma sensação de já ter estado num local, de já ter visto algo que era desconhecido ou de já ter vivido uma determinada situação. Uma expressão bastante comum e conhecida para designar algo que todos nós experimentamos ao menos alguma vez, ao longo da vida. Difícil encontrar quem jamais tenha vivido algo assim. Pode ser nossa memória nos iludindo quanto a já termos nos deparado com algo que na realidade é totalmente novo. Por isso mesmo, o uso da expressão francesa designando o "já visto" se tornou tão popular.

Ao me deparar com o cartão postal e relembrar tudo o que envolvia esse Patio na história dos dois amantes, não tive dúvidas de que aquele haveria de ser o destino preferencial. Porém, do mesmo modo que em São Paulo eu havia vertido cinzas em dois diferentes locais, pensei que a mesma coisa poderia ocorrer na outra cidade e diversificar a destinação final.

Obviamente, a cidade de Luján veio à minha cabeça. Se estiveram lá e ela guardou por tantas décadas a lembrança desse dia e o tal quadrinho com vidro, o antigo povoado fazia parte das minhas opções. Pronto! Eu já tinha dois destinos possíveis.

Não sei se a fantasia que a situação desencadeava ou o romantismo inerente, mas um pensamento que considerei um tanto maluco começou a se avolumar. E se eu conseguisse descobrir em qual cemitério Octavio havia sido enterrado? E se, tal como fiz no jazigo da minha avó, eu jogasse parte das cinzas perto ou ao redor da sepultura de Octavio? Se fosse um jazigo com abertura, até mesmo dentro dele eu poderia arremessar uma parte? O trio de localidades parecia perfeito para esgotar o conteúdo da caixa de flores amarelas. O problema principal era descobrir onde essa sepultura estava, apenas isso...

Os mistérios sempre me fascinaram, na leitura ou nos filmes. Quando adolescente, devorei Agatha Christie e seus personagens-auxiliares extremamente perspicazes, como Miss Marple, ou Jane Marple, e o detetive Hercule Poirot. A primeira, uma detetive amadora e o segundo, um com aparência mais profissional. Poirot ficou mais conhecido pelo público em geral do que Marple, que, diferente do outro, era muito simpática. Ambos os personagens tiveram uma "carreira solo" independente dos escritos e da vontade de Agatha que matou Poirot em um de seus contos para que não usassem esse personagem após ela morrer. Mal sabia ela a "vida" longa que Poirot teria e a reputação que tem até hoje! Quando jovem, alguns amigos me apelidaram de Miss Marple, devido à tendência que tinha a pensar histórias em torno de algumas pessoas e que poderiam ser mais interessantes do que a sua vida real. Sempre adorei fuçar, pesquisar, elaborar hipóteses e fantasiar.

Pesquisar e investigar tornaram-se altamente acessíveis em tempos de internet. Se esta não existisse, eu só teria alguma pequena chance de descobrir onde teria sido enterrado Octavio caso eu dispendesse dias e semanas percorrendo cartórios na cidade. Mesmo assim, sem garantia de sucesso. Porém, a busca por seu nome na rede não resultou em indicações que satisfizessem meu intuito. Ao contrário, foi praticamente um fracasso. Ele desaparecera em 1965, ou seja, 44 anos antes da minha procura por informações. Era muito tempo, sobretudo para detalhes a respeito da pessoa ou de seu falecimento, a menos que o evento tivesse se revestido de alguma importância.

Foi assim que encontrei uma única referência, usando parte de seu nome. Ele era diminutamente mencionado numa frase de um livro escrito por um jornalista, também autor de mistérios policiais. São relatados acontecimentos e desdobramentos de uma história real e dramática, vivida por alguns homens que acabaram fuzilados sumariamente quando o Presidente Juán Perón, na década de 1950, foi deposto por um Golpe de Estado. Fiquei aliviada com o fato de a menção a Octavio ser feita de forma bastante positiva, no meio da narração de algo com várias conotações sinistras. Só me faltava descobrir algo negativo nessa pessoa! Mas, foi justamente o contrário. Vale mencionar que, mais de 20 anos após esses acontecimentos, o autor do livro — Rodolfo Walsh — se tornou um dos desaparecidos políticos da ditadura militar argentina, em 25 de março de 1977.

Sem desistir, primeiro tentei endereços dos envelopes das cartas, nomes de remetentes que ele usou, pessoas verdadeiras que o ajudavam a se manter conectado com minha mãe. Insisti usando o sobrenome e foi quando as primeiras informações úteis começaram a surgir. Seu nome era Octavio Francisco e um homem

Parede de sede de Radio Argentina com mural rendendo homenagem a Walsh (de camisa verde).

chamado Claudio Francisco e com o mesmo sobrenome apareceu nas buscas. Como era um juiz, várias menções a ele emergiam. Fui anotando tudo. Se Octavio tinha filhos, parecia lógico que alguém com parte do nome igual, pudesse ser um dos filhos. Também era esperado que ele tivesse tido um filho com alguma formação de destaque, o que poderia ser um juiz, por exemplo. Não parecia lógico que um militar, naquela época, não tivesse um filho que se graduasse. As peças começavam a se encaixar.

Parei para tomar fôlego e rever tudo o que havia conseguido pesquisar. Era uma sexta-feira, após o almoço, e eu iria embarcar para Buenos Aires no domingo. Não restava muito tempo útil para fazer mais verificações e ter outras certezas apenas usando os recursos da internet. Resolvi que telefonar seria mais eficiente. Telefonar e falar o quê?

— Boa tarde, me desculpe, mas o Sr. pode me informar se é filho de Octavio Francisco?

— Quem deseja saber?

Pronto, aí eu já me engasgaria pela primeira vez. Mas, continuei fantasiando, poderia dar um nome fictício. Porém, por qual motivo eu conseguiria as informações desejadas?

— Eu sou Maria Maria e se o Sr. for filho dele, poderia me dizer onde ele foi enterrado?

— Mas, quem realmente é você, como conhece meu pai e como sabe que ele está morto? Isso está muito estranho.

Nada disso era minimamente aceitável. Afinal, eu não tinha lido tantos livros e assistido a tantos filmes para ter tão pouca imaginação numa hora dessas. O devaneio que me ocorreu, para tudo piorar, foi se um tribunal teria algum tipo de sistema de reconhecimento do número de telefone de origem da ligação. Aí, então, Maria Maria teria sua identidade descoberta e eu estaria em "palpos-de-aranha", como minha mãe dizia. O tempo estava passando e não sabia até que horas o expediente numa sexta-feira se estenderia. Comecei a ficar angustiada. Servi o segundo whisky...

Recobrei a calma, peguei caneta e papel e anotei palavras-chave para um diálogo telefônico. Catarina, na fase em que havia pensado em mudar-se para a Argentina, contratara uma professora de espanhol para nós duas. Tínhamos aula em separado, logicamente, porque as demandas de cada uma, de acordo com as faixas etárias, eram distintas. A mulher de nome Dhalia era praticamente uma megera, insuportável e detestável. Mesmo assim, e a duras penas, devo a ela um aprendizado do idioma espanhol que jamais esquecerei.

Com um bom gole de whisky e de coragem, disquei o número do escritório do Dr. Claudio Francisco no tal Tribunal. Depois de vários toques angustiantes, uma senhora me atendeu e num espanhol quase perfeito, porém com sotaque brasileiro sem dúvida, iniciei o seguinte diálogo, muito delicadamente:

— Boa tarde, senhora, estou procurando o Dr. Claudio Francisco. Ele está, por favor?

— Boa tarde, não se encontra aqui. Sou a secretária dele. Ele esteve no escritório pela manhã e não virá hoje à tarde. A senhora deseja deixar um recado? Transmitirei a ele na segunda-feira.

— Vou explicar para a senhora o que está ocorrendo. Estou telefonando do Brasil. No domingo, tomarei um avião para Buenos Aires onde ficarei apenas três dias. Nossas famílias eram amigas. Minha mãe faleceu há pouco tempo e meu pai ainda está vivo, embora idoso. Quando soube que eu iria a Buenos Aires, pediu que eu entrasse em contato com o Dr. Claudio Francisco para transmitir um abraço. Por isso, gostaria de falar diretamente com ele e não apenas deixar um recado.

— Compreendo, senhora, meus sentimentos pelo falecimento da sua mãe. Talvez a senhora consiga falar com ele na segunda-feira ao telefone, mas não posso garantir.

— Que lástima! Como fico tão pouco tempo, temo não conseguir estabelecer esse contato. Mas, pensei numa possibilidade e talvez a senhora pudesse me ajudar.

— Se for possível, claro. Qual seria?

— Ele certamente tem um endereço de correio eletrônico. Se a senhora o fornecer, eu poderia enviar uma mensagem agora mesmo. Ele deve abrir o correio no fim de semana, não?

— Ah! Claro!

— Então, isso nos pouparia tempo. Ele leria e talvez pudesse telefonar ao meu hotel ainda no domingo e estabeleceríamos contato.

— É uma possibilidade, sim.

— Para tanto, a senhora poderia me passar o endereço eletrônico dele, por favor?

— Certamente!

Dessa forma, gentilmente, obtive o endereço eletrônico pessoal do Dr. Claudio Francisco. Agradeci muito e nos despedimos. Estava cansada, o whisky era mais do que bem-vindo. A primeira etapa tinha sido cumprida de forma absolutamente tranquila. Agora, tinha que seguir adiante, ou seja, enviar a mensagem para aquele homem.

O elo para que pudesse me aproximar do Dr. Claudio Francisco estava concretizado graças à invenção de uma conexão familiar e de amizade. O passo seguinte seria tornar essa história crível de modo a que ele fornecesse a informação desejada. O fato de não ter havido um contato direto com ele ao telefone, mas de poder estabelecer um intercâmbio por meio de mensagens facilitava muito. Havia menos chances de me trair por ter uma entonação que denunciasse que estava mentindo ou por titubear em responder qualquer pergunta que ele fizesse e que fosse inesperada ou fugisse do roteiro por mim previamente definido.

Assim sendo, coloquei-me a redigir uma mensagem para o endereço eletrônico fornecido pela secretária. De forma respeitosa, dediquei poucas palavras para repetir que minha família havia conhecido o Sr. Octavio em uma de suas muitas viagens a Buenos Aires. Que haviam mantido esse contato quando visitavam a cidade, sendo que eu mesma quando era criança o havia visto uma vez. Meu pai idoso havia pedido que eu levasse umas flores ao túmulo do Sr. Octavio. Minha mãe havia falecido recentemente. Ou seja, a mesma história contada para a secretária, agora por escrito e com mínimo detalhamento.

Solicitava que ele respondesse tão pronto lesse a mensagem, uma vez que eu sairia do Brasil no domingo, chegaria a Buenos Aires e partiria em pouquíssimo tempo. Eu não queria dar chance para que ele requisitasse um contato pessoal. O tempo escasso iria colocar uma barreira em qualquer tentativa de aproximação. Em último caso, se a situação se tornasse esquisita, se muitos questionamentos ocorressem, eu nem continuaria a responder, desistiria e manteria minha proposta de colocar as cinzas em apenas dois locais visitados pelo casal. Sempre é possível colocar a culpa na internet, em especial naquela época, por falta de recebimento de uma mensagem. Faria isso ao voltar ao Brasil, agradeceria o contato e diria que no futuro poderia tentar novamente, caso voltasse àquela cidade. Monitorei meu correio até o momento de sair para o aeroporto e nenhuma resposta havia, desde a sexta-feira.

Na segunda-feira, logo após tomarmos o café da manhã, retornei ao quarto e telefonei para o Tribunal. Dessa vez, o Dr. Claudio Francisco me atendeu. Imediatamente, senti um desconforto ao falar com aquele homem. Não houve simpatia por parte dele, ao contrário, uma certa frieza, apesar da minha fala educada ao telefone. Ele disse que não era filho de Octavio, mas neto. Ele e seu pai — filho de Octavio — tinham o mesmo nome. Fez perguntas sobre como eu conhecia seu avô. Repeti a mesma história, agora tentando demonstrar uma certa dificuldade para falar o idioma, uma maneira de me esquivar ou de me fazer de desentendida. Ele avisou que havia respondido naquela manhã à minha mensagem e adiantou seu conteúdo. Eu disse que ia buscar uma forma de ler, agradeci e consegui concluir a interlocução sem me estender em terreno perigoso.

Tudo se passou numa época na qual o usual não era possuir um notebook e viajar com ele a lazer, como se faz hoje. Também não havia computadores no hotel para os hóspedes poderem usar. Talvez apenas em hotéis de categoria superior. Usar celular em outro país não era simples como atualmente. Então, na Argentina, pequenas lojas, muitas vezes lojinhas de conveniência, possuíam cabines onde se atendia a uma ligação internacional realizada pela pessoa encarregada do comércio. Dava-se o número de telefone a ela e quando a ligação era completada, a pessoa indicava a cabine na qual se poderia usar o telefone. Ao final, o serviço era cobrado em função da duração da ligação. Esses locais recebiam o nome de locutórios. Aí também era possível usar computadores, receber e enviar e-mails. Exatamente como as lan houses, antes do acesso à internet se expandir no nosso país.

Me dirigi ao locutório mais próximo do hotel, menos de 100 metros, dobrando a esquina. Consultei meu correio eletrônico e havia, de fato, uma resposta à minha mensagem, escrita às 9h46min daquela manhã. Nada além do que havia sido mencionado ao telefone, exceto que quem assinava era o próprio filho de Octavio, usando o correio eletrônico do seu filho — neto de Octavio — com o qual eu havia conversado.

Ele relatava que seu filho o havia inteirado do meu interesse em saber onde seu pai Octavio estava sepultado. No entanto, informava que após vencer o prazo dado pelo cemitério, havia sido necessário exumá-lo e, após cremação dos ossos, a pedido da sua mãe, as cinzas haviam sido espalhadas onde a mãe e o pai haviam se conhecido, no Rosedal do Parque de Palermo. Ele acrescentava que gostaria de saber em quais circunstâncias o pai havia tido uma relação de amizade conosco. Respondi laconicamente que pouco sabia da origem, apenas que eram amigos e que meu pai pedira o que eu havia explicado, inclusive ao telefone para seu filho naquela manhã. Porém, diante do relatado, eu agradecia a informação. Entendia que a homenagem que minha família queria prestar não era mais possível, mas essa teria sido a intenção. Finalizei a mensagem e enviei.

Total desapontamento, embora não fosse de todo inesperado. Frustração com o fato de que não poderia colocar cinzas onde Octavio estivesse sepultado. Mas também um desencanto se apossou de mim. Então, ele tinha o hábito de levar suas mulheres ao Parque de Palermo? Catarina não seria tão especial assim, no que dizia respeito às visitas a esses jardins? Não queria dar asas a esse último pensamento. Homens!!! Foi o que me veio à mente e procurei descartar.

Henry e eu voltamos ao hotel, pegamos a caixa de flores amarelas e rumamos para o primeiro ponto onde eu havia previsto deixar um punhado das cinzas: o Patio Andaluz. Porém, agora sabia que parte de Octavio estava no Rosedal. Assim, o Parque de Palermo propiciaria que as cinzas de Catarina permanecessem tanto no Patio onde namoravam, quanto no Rosedal onde Octavio havia tido "sua última morada".

Para nós brasileiros, trata-se do Roseiral, um magnífico jardim, com um canteiro circular central e vários outros canteiros, todos plantados apenas com roseiras de variadas cores e espécies, a maior coleção de roseiras da Argentina, reconhecida mundialmente. Já li que existem em torno de 18 mil mudas. Na época da floração é um deslumbre. Ainda é possível sentar-se em bancos colocados em diversos pontos para usufruir da paz e da beleza locais.

Outra surpresa inesperada, entretanto, nos aguardava: esse é o único dia da semana no qual o Parque de Palermo permanece fechado ao público. Decidimos, então, nos deslocar até Luján, deixar parte das cinzas lá, em algum lugar, e no dia seguinte finalizar o processo em Palermo. Após obter informações, esperamos um ônibus para aquela cidade num ponto nas proximidades do parque. Quando o primeiro ônibus chegou, após longa espera, imediatamente desistimos do intuito: o estado precário do transporte nos fez pensar no possível risco de talvez virar cinzas junto com aquelas que estávamos carregando. Mudança total de planos ao ver o veículo: no dia seguinte, deixaríamos Catarina no Parque de Palermo.

Entrando na caixa de cartas

HÁ UMA LACUNA ENTRE O MOMENTO em que se conheceram e a primeira carta de Octavio guardada na cesta. Não tenho certeza do motivo de tantas possíveis missivas não estarem ali. É óbvio que não existem cópias das correspondências enviadas por minha mãe. Só sei que em determinado momento passaram a numerar as mensagens. Fica claro que inúmeras confusões ocorreram por conta das dificuldades com os correios de ambos os países. Numerar foi uma forma de tentarem se organizar. Existem cartas que, postadas em dias diferentes, chegaram juntas ao seu destino. Há envelope no qual Octavio reenvia a Catarina duas cartas antigas que lhe foram devolvidas. Ela mudou duas vezes de Caixa Postal, mas os enganos continuaram acontecendo.

Conhecendo minha mãe, imagino sua reação diante de muitos dias sem notícias de Octavio. Nada de bom deve ter passado por sua mente e ele seguidamente se mostrava preocupado por ela estar com dores no corpo ou deprimida. Como me faltam elementos para saber exatamente as respostas dela, resta apenas imaginar suas inseguranças e dores de amores, além das físicas que eu bem conhecia.

Rosedal no Parque de Palermo

A caixa continha 18 cartas e alguns cartões postais ou de Natal. Mais de um ano de correspondências se perdeu no tempo. Me pergunto como minha mãe tão apaixonada, organizada e zelosa das recordações permitiu que os escritos desaparecessem. É um intervalo não preenchido por lembranças materiais. Provavelmente, o desfecho do casamento com meu pai a levou a se desfazer desses registros. Terá sido mais por precaução do que por qualquer resquício de amor pelo marido.

A primeira carta, então, data de 21 de maio de 1959, 27 dias após o batismo do menino em Luján. Ele menciona que teria recebido duas cartas dela nesse mês, a primeira no dia 05. Ou seja, 11 dias após Luján, ela já estava no Brasil, escrevendo para ele. Em papel carta finíssimo, com uma linda caligrafia e usando uma caneta tinteiro, ele a chama de "*adorada*", fala dos sonhos que ambos têm de estar no país do outro e conclui com a romântica expressão "*minha pequena adorável*".

Mais um hiato e um cartão de final de ano no qual declara sua espera impaciente com a chegada dela a Buenos Aires. Termina as poucas frases com "*Te beijo, teu Octavio*".

Entramos no novo ano de 1960 e logo, numa carta de 08 de fevereiro, fica-se sabendo que ela já esteve com ele no início do ano e que a solidão o invade à noite, rememorando intensamente os momentos vividos. Leio e penso na emoção de receber palavras como essas:

> *Quão rápido passaram os momentos felizes da sua estadia aqui, quanto deixamos de fazer, quanto mais deveríamos ter feito, o porquê dessas circunstâncias que concederam tão pouco tempo para nosso amor? São perguntas que eu formulo a mim mesmo, várias vezes por dia, desde a sua partida. (...) Meu adorado amor (...)*

A cesta de cartas

É a partir desse momento que passam a numerar as cartas. No dia 22 de fevereiro, ele diz textualmente que ficaram cinco dias juntos. Possui três cartas dela não respondidas porque viajou a trabalho. Imaginei minha mãe em desespero, sem notícias, logo após essa "lua de mel". Octavio menciona que também recebeu uma "gentil missiva" enviada por mim. Imagino que minha mãe tenha me induzido a escrever algum tanto para esse amigo de outro país.

A camaradagem entre mãe e filha foi algo que ela cultivou durante grande parte da nossa vida. A cumplicidade esteve presente. Ela construiu uma relação simbiótica entre nós, o que certamente explica, em parte, meu distanciamento do meu pai após a separação matrimonial. Essa liga começou a se desfazer quando, bem antes de completar meus trinta anos, eu resolvi sair da casa materna e mudar de cidade devido aos estudos que desejava prosseguir. Porém, a decomposição mais efetiva teve seu processo acelerado uma década depois. Seu fenecimento passou a ocorrer após eu completar cinco décadas de existência, quando já não era possível quase conversar com ela sem que uma discussão acalorada ocorresse. O tempo foi fazendo com que vários dos nossos valores divergissem, como se os dela fossem envelhecendo e os meus se atualizando com as novas vivências. Nesse contexto, fomos nos afastando. Fui emudecendo e conversando apenas sobre assuntos mundanos e corriqueiros, a partir desse momento e até o final da sua vida. Considero relevante pontuar, nessa altura, os tipos de conexões que entre nós existiram.

Retornando a Octavio, ele confessa que não é bom em escrever cartas, o que me faz pensar se essa não é uma desculpa tipicamente masculina. Será que Catarina sentiu isso também? Todas as cartas dele são curtas. Conhecendo minha mãe, sei que ela devia enviar várias folhas em cada uma de suas correspondências, contando todos os detalhes do seu dia a dia, além de falar profundamente dos seus sentimentos. Qual outra forma uma mulher encontra para alimentar um romance a distância que não seja uma abertura total da sua vida e das emoções que sente? Ele, por sua vez, conclui a carta prometendo que no dia seguinte escreverá:

Até amanhã, meu amor...

Num único envelope encontro duas cartas guardadas, as de 02 e de 08 de março de 1960. Na primeira, percebe-se que algo não ocorreu como esperado:

Querida minha, rogo que me desculpes
por não ter escrito como prometi (...)

Esteve atarefado com a visita do Presidente dos Estados Unidos da América, Dwight Eisenhower, que presidiu o país de 1953 a 1961. Ela enviou um licor para ele e fica evidente que combinaram um horário para, cada um em seu país, fazer um brinde simultâneo:

Todas estas noites, tomo um trago do licor e dedico um
brinde a ti, à 1 hora da madrugada. E mais alguns,
mais tarde. Se vou me deitar sem fazê-lo, não consigo
dormir e me levanto para brindar (...) Te amo.

No dia 08, ele informa que recebeu sete cartas dela. Sete?! Aí está a Catarina que conheço! Porém, fico imaginando que se ele não estivesse tão enamorado, ficaria apavorado com tal intensidade por parte dela. Ainda mais porque ele escreve que:

Não tornes a dizer que a vida para ti é um sacrifício que não mereces viver...

A depressão se instalou. Ela escreve muito, ele responde pouco, a distância é grande, a paixão vai corroendo a alma. Porém, ele dá esperanças de novos dias já que pretende se aposentar e vir ao Brasil para estar com ela. É assim que as paixões se alimentam, de pequenas possibilidades que viram sonhos.

Oito dias depois, em 16 de março de 1960, ele escreve que, nessa semana, ela enviou duas cartas, sendo que a primeira é muito triste. Ambos lembram que comemoraram, a distância, dois anos desde que se conheceram, o que para ele não impediu a conexão afetuosa e espiritual entre eles, embora a física não tenha sido possível:

Querida, transcorreram dois anos, muito tempo para a dor, pouco para a felicidade, nada tem uma medida correta na vida...
Recebas, um beijo fervente e todo o meu carinho.

Em 29 de março, ele comunica que esta é a última carta que escreve ainda trabalhando na Casa Rosada, pois a aposentadoria está próxima: três dias depois, sua vida profissional terá outro rumo, junto à iniciativa privada. Na realidade, ela vai receber duas cartas, escritas em março, num mesmo envelope, uma delas devolvida a ele porque escreveu o endereço errado. Entende-se que foi seu aniversário e faz questão de frisar que ninguém se recordou tão bem da passagem desse dia quanto ela. Finaliza, como sempre, dando a perspectiva de um texto mais longo do que o atual:

Na próxima serei mais abrangente e melhor
companheiro de quem é a mais adorável criatura
que se pode amar.
Receba todo meu carinho em um beijo.

À exceção do segundo envelope, em todo o lote, todos os demais não tinham remetente. Surpresa ao pegar o envelope seguinte: o Sr. Ricardo — aquele homem que eu ia encontrar no saguão do hotel, no início desta história — passa a assumir o papel de responsável pelo envio da correspondência. Em algum momento, Octavio deve ter tornado o Sr. Ricardo seu confidente e a cumplicidade entre irmãos havia sido estabelecida para o trânsito da correspondência. Dessa vez, Octavio cumpria o prometido e a carta de 13 de abril de 1960 é a mais longa. Além disso, responde com presteza à carta dela recebida na noite anterior. Ele rememora as datas das últimas mensagens, demonstrando que alguma anormalidade estava ocorrendo, tendo em vista as datas e como Catarina aparentava se encontrar:

(...) tu me escreves com um estado anímico deplorável.
Compreendo perfeitamente tua intranquilidade por
falta de notícias, agravada pelos teus problemas
familiares, de trabalho e, pior ainda, de saúde. Meu
maior desejo, pequenita, é ser um alívio para tudo isso,
mas parece que sou "mais um problema", o que em
nada me satisfaz.

Carta bonita, diferente das demais, pois se estende na descrição de seu último dia de trabalho junto à Presidência, as amizades sinceras e outras nem tanto que ele sabe reconhecer. Faz questão de salientar que entrou como saiu, o que os sul-americanos, cientes da corrupção no Continente, conseguem entender como "ao final, não levou consigo nada além do que já possuía". Parece entristecido, claro, pois encerra todo um período de vida e escreve:

(...) as despedidas são, como disse o poeta, "despedir-se é morrer um pouco ".

Confessa que, nesse seu primeiro dia em outro trabalho, encontra-se desorientado, já que viveu grande parte de sua vida — 21 anos — como militar. Gostaria de estar frente a ela, conversando a respeito de tudo isso. Pede que, a partir desse momento, ela passe a enviar as cartas para seu irmão Ricardo. Muito carinhoso, finaliza:

Estás sempre no meu pensamento e tenho certeza de que assim será durante os anos que iremos viver (...) Meu amor, receba um forte beijo que expressa todo meu carinho.

Ele conta que no dia anterior, domingo, levou seus filhos para passear em Palermo. Percorreu o Rosedal, o Patio Andaluz etc.:

(...) tinha a ti permanentemente comigo, passeamos juntos, minha querida.

Em 24 de maio de 1960, ele expressa sua preocupação pela falta de notícias, pois continua sem resposta às suas últimas cartas. Minha mãe mandou um presente para ele por intermédio de Antônia. Esta entrou em contato com Octavio várias vezes, marcando para entregar, mas não apareceu. Pelo visto, ele nem sabe qual seria o presente. Ele atribui o silêncio de Catarina por mais de 15 dias, a um castigo que ela estaria infligindo por ele demorar a responder a suas afetuosas cartas. Mas, não deixa de dizer:

Hoje há um sol radiante, em todo o seu esplendor.
Imagino estar contigo e fazer os mais lindos passeios,
esquecendo os problemas e as preocupações.
Receba meu invariável carinho.

A carta de 14 de junho de 1960, já inicia com "Catarina, amor meu!". Vê-se que ela escreveu e o perdoou, o que o faz reconhecer que ela é um "tesouro". Antônia finalmente surgiu e ele tem em mãos um isqueiro "maravilhoso", reproduzindo exatamente a forma com a qual se refere ao regalo. Reconhece que fuma ao redor de 40 cigarros por dia e que jamais teve um isqueiro tão bom:

O isqueiro é importante, não apenas por causa dos cigarros que acendo, mas porque ao usá-lo sinto a tua presença junto de mim, como se o pegasse das tuas mãos, para em seguida guardá-lo.
(...) Já corre o mês de junho. Teremos o imenso prazer de passar uns dias juntos em julho? Dizer que tenho enorme desejo de ver-te, de tê-la ao meu lado, não há de ser novidade alguma para ti. Mas, é agradável dizer isso e que tu o leias, não é verdade, pequena adorável?

Catarina chegará a Buenos Aires no dia 02 de julho de 1960. Octavio escreve a última carta antes do encontro, no dia 23 de junho, demonstrando toda a ansiedade:

Menininha, faltam apenas 10 dias para que estejamos juntos fisicamente. Minha adorada, agora posso dizer-te —
ATÉ SÁBADO MEU AMOR.
Te beijo com toda a paixão e o maior desejo.

Não há missivas até um cartão de Natal e Ano Novo datado de 30 de dezembro daquele mesmo ano. Octavio, usa expressões que descrevem distanciamento. A chama de "grande amiga" e termina laconicamente com a palavra "afetuosamente". A estadia dela em Buenos Aires, tão aguardada pelos dois, não teve um bom desfecho. Nada sei a respeito, mas posso imaginar.

Uma grande paixão não pode perdurar sem perspectiva de algum tipo de futuro que permita que ela se esgote e se transforme em amor, como é peculiar às paixões. No ponto em que haviam chegado, é preciso reconhecer que Catarina ia vê-lo com a maior frequência possível, demandando bastante empenho e energia para tanto. A mudança de um país para outro não era mais tão inquestionável por parte dela, dadas as adversidades que isso envolveria. Da parte dele, a vinda ao Brasil apenas era cogitada como uma viagem romântica, porém mencionada poucas vezes. Mudança de domicílio não era sequer ideada. Afinal, ele era casado e tinha dois filhos, um menino praticamente da minha idade e uma menina mais nova. Talvez sua paixão não envolvesse a impetuosidade mais marcante em Catarina.

Pressupondo os caminhos possíveis, municiada pela falta de cartas e o tom do último cartão, conhecendo a mãe que tive, posso, praticamente sem chance de erro, elaborar o que se passou entre eles. Catarina nada tinha de moderada. Era impertinente, afiada, se deixava guiar pela impetuosidade. Consigo vê-la exasperada e enfurecida, a definir a necessidade de uma decisão sobre a vida deles. Posso também imaginar que Octavio, acuado, não tenha vislumbrado destino que não fosse o de ter uma amante de outro país que passasse alguns dias por ano com ele, satisfazendo, mesmo que parcialmente, seu intenso arrebatamento. Mais do que isso, ele não poderia oferecer. Nem mesmo uma troca acentuada de cartas na magnitude e no aprofundamento que a ela satisfizessem.

Dessa forma, um xeque-mate por parte dela deve ter sido fatal. Jamais saberei se ela voltou a vê-lo enquanto permaneceu em Buenos Aires. Contudo, sei que não se trancou num hotel dia e noite, perdida de amor, sem buscar alternativa para seu ânimo: ela refez sua vida inúmeras vezes. Estaria iniciando uma delas? Também não seria do seu feitio voltar para casa antes do tempo previsto. Para poder viajar, ela teria tido que organizar sua vida profissional e a minha vida. Não era momento de desperdiçar o período livre e de se afogar em mágoas dentro de casa. Ao contrário, era um novo ciclo para conservar sua força e reagir. Ela era forte, mas chorava bastante. A maior parte do tempo, conseguia esconder isso de mim e dos demais.

As cartas que encontrei na cesta, organizadas cronologicamente, me deram as respostas plausíveis para o tempo pós-Octavio e quiçá antes dele também. Quatro homens surgiram, dois dos quais eu conheci. Para o primeiro, existe apenas uma referência, uma única carta. Ela a recebeu, presumo, assim que retornou da viagem de rompimento com Octavio. Ela deve ter encontrado com esse homem, talvez uma única vez, numa ida dele à Capital. Ele morava a 350 km de Buenos Aires, num assentamento mais popular, à beira do Canal do Rio da Prata, quase mirando Montevidéu, capital uruguaia.

Entendi que minha mãe encaminhou uma única carta, em março de 1960, pois esse primeiro homem cobra que jamais recebeu respostas às que enviou. Ou seja, se conheceram enquanto ela ainda estava se relacionando com Octavio. Ele questiona o que teria ocorrido e uma das hipóteses formuladas seria de que o namorado dela teria se inteirado das cartas e desaprovado. Catarina, então, teria mencionado Octavio a ele, sem dúvida. Porém, o tal homem deixa claro que se beijaram e que queria que isso voltasse a acontecer. Danadinha, a minha mãe! Ele conclui a carta dando os parabéns pelo filme ítalo-franco-brasileiro "Orfeu Negro" que, em 1959, foi ganhador da Palma de Ouro no Festival de Cannes e, no ano seguinte, entre outros prêmios, recebeu o Oscar por Melhor Filme Estrangeiro. Falado em português, teve vários atores negros, ineditismo para a época, e músicas de compositores renomados, todos brasileiros.

Na época em que, rompida com Octavio, permaneceu em Buenos Aires sem cancelar a viagem, conheceu outro argentino que se enamorou dela loucamente. Encontrei um total de 23 cartas suas, escritas no período de agosto de 1960 a janeiro de 1961, bonitas, românticas e longas. Devem ter se conhecido uma noite, dentre as várias que passou sozinha, numa Peña Folclórica. São bares e restaurantes com um pequeno palco onde se apresentam cantores, músicos e bailarinos de folclore argentino. A música é regional, assim como a comida, e apenas em algumas delas é possível que toque tango.

Esse segundo homem, em algum momento, menciona ela estar rompida com o namorado, o que reforça a minha concepção sobre os acontecimentos. Porém, com o passar do tempo, ele começa a questionar se ela estaria se afastando dele. Nesse intervalo, ela retorna a Buenos Aires e eles se reencontram. Isso sugere a pergunta se ela tentou uma reaproximação com Octavio na ocasião. Não tenho elementos para saber o que de fato ocorreu.

Só sei que o homem passa a ter certeza da desunião e a comunicação é interrompida em janeiro de 1961.

Por meio de carta de uma amiga de Catarina, entendi melhor o retorno dela à cidade, mencionado por esse segundo homem. Um dos motivos foi a consulta a médicos locais sobre a conveniência de fazer cirurgia devido às fortes dores originadas na coluna vertebral. Ela sofria intensamente por causa de hérnias de disco que haviam sido diagnosticadas no Brasil. Porém, ela conhecia casos, entre suas amigas, de cirurgias muito bem-sucedidas, executadas naquela capital. Penso que tenha tentado esse caminho que acabou não se concretizando.

Existe uma única carta do terceiro homem, um uruguaio que conheci. Eles se enamoraram em algum momento que não sei precisar. A carta é de setembro de 1960 e ele reclama que ela esteve em Buenos Aires em época recente, na qual ele justamente estava na cidade a negócios, embora morasse no Uruguai, e ela sequer o avisou para um possível encontro. Ele fala de amor e de querer revê-la. Pelas datas, concluo que ela não o avisou porque estaria com Octavio. Com o passar dos anos, eles ficaram amigos e se corresponderam intensamente. Ele esteve no Brasil diversas vezes, assim como seu filho do qual me tornei amiga. A vida acabou nos distanciando, a todos.

Finalmente, chegamos ao quarto e último homem de língua espanhola. Nós duas viajamos com uma amiga dela a Foz do Iguaçu. Num dos passeios às Cataratas, conhecemos um indivíduo muito alto, bonitão, de intensos cabelos negros. Ele estava acompanhado de um amigo, boa combinação com a acompanhante de minha mãe. Era novembro de 1961 e fomos comemorar o aniversário de Catarina nessa viagem. Existem duas cartas dele e algumas fotografias sozinho e conosco, essas provavelmente "clicadas", como se diz, pelo tal amigo. Ele morava em Rosário, no interior da Argentina, na província de Santa Fé, a 300 km da capital. Não sei se a viagem, acompanhado do amigo, foi a lazer ou a trabalho, pois Rosário é bem distante de Foz do Iguaçu, aproximadamente 1.200 km. Por meio do texto lido, me inteirei de que combinaram que ela visitaria essa cidade no ano seguinte. São cartas românticas e de amor.

Tal relacionamento não progrediu, pois eu jamais ouvi falar que minha mãe tenha ido a Rosário. A ausência de correspondência por certo período aponta que não houve evolução. Preciso dar um pequeno salto no tempo, de modo a poder encerrar esta história que reputo de menor importância. Existem dois envelopes com escritos de meados do ano seguinte, 1962. Um cartão postal das Cataratas de Foz do Iguaçu mostra o retorno dele ao local. Na carta seguinte, ele menciona a viagem dela à Europa. Ou seja, ela escreveu a ele ao menos essa vez, contando a respeito. Ele diz que virá ao Brasil em agosto de 1962. Essa é a última correspondência. Por certo, Catarina não estimulou a continuação do contato, muito menos da viagem dele ao nosso país, uma vez que tinha, nesse momento, um relacionamento com Eduardo que mencionarei na sequência. Esse foi um relacionamento estável, até desestabilizar, como é normal acontecer com grande parte dos romances.

Voltando, então, no tempo, em 01 de dezembro de 1961, há um cartão de Natal da empresa na qual Octavio passou a trabalhar. Um cartão bastante neutro, daqueles que as empresas imprimem aos montes para distribuir aos empregados, fornecedores, organizações parceiras e tantos outros destinatários. Abrindo o cartão, ao lado dos dizeres tradicionais impressos para essa época, está a assinatura completa de Octavio, tornando tudo mais impessoal ainda. Senti tristeza ao vê-lo. Imagino o abatimento de minha mãe. Reflito que deva ter pensado que nada restou, a não ser a assinatura formal feita a caneta tinteiro, numa data também convencional. Se eu fosse ela, a angústia teria tomado conta de mim, teria constatado que talvez fosse preferível nada receber dele. É melhor nem ver algumas coisas!

Catarina programou sua primeira viagem à Europa para o ano de 1962. Eu a acompanharia, é claro! Permaneceríamos dois meses viajando, em pleno período de aulas no colégio, porém em momento no qual ela conseguiria se organizar em seu escritório de advocacia para poder se ausentar por tanto tempo. Eu teria que me desdobrar no retorno às aulas, mas também a jornada no outro continente seria um enorme aprendizado.

No entanto, no início desse ano, Catarina conheceu Eduardo, um dos importantes homens de sua vida e da minha também. Eles ficaram juntos por quatro anos. Ele foi para mim o pai que eu não tinha presente. Aquele que nos acompanhou para comprar meu primeiro soutien, me mostrou o Rio de Janeiro, me apresentou à música popular brasileira de forma mais ampla, dançava comigo, me ensinou as partes componentes do motor de um carro, os detalhes mecânicos do Fusca, me levou a um campo de futebol pela primeira e outras tantas vezes, fazendo eu torcer pelo mesmo time que ele. Nossa conexão perdurou até anos depois dele e minha mãe romperem a relação. Continuávamos fazendo juntos as coisas que ele tinha me ensinado a gostar. Tudo terminou num domingo de manhã, em janeiro de 1969, quando abri o jornal e vi o anúncio da sua morte. Ainda guardo lindas fotos dele sozinho e com minha mãe. O sorriso e o olhar dos dois transmitem a atração mútua que tinham. Lindo de se ver!

Em 10 de novembro de 1964, Octavio escreve que finalmente recebeu um cartão de Catarina e, desse modo, recuperou o endereço dela para corresponder-se. Menciona que desejou muitas vezes escrever, mas não sabia para onde. Estranho tal desconhecimento de localização, mas o motivo não é explicado. Porém, o texto é repleto de saudosismo e de sentimentos ainda vivos:

Queria dizer-te tantas coisas, recordar momentos deliciosos e inesquecíveis...
É difícil expressar o quanto eu desejo, não encontro palavras adequadas depois de tantíssimo tempo.
Como gostaria de rever-te, reviver tantos instantes felizes e, também — porque não o dizer — pedir-te perdão por não ter sido tão cortês como tu mereces.
Mas sim, sempre estivestes na minha memória, assim como os lugares que um dia nos viram juntos possuem minha íntima recordação. Ao passar circunstancialmente por eles, trago-te à minha memória e sinto-te muito próxima. Me parece que a mesma coisa sucede contigo, é assim?
Nada mais direi, não resisto a este solilóquio, faria qualquer coisa para que este instante fosse um diálogo. Poderá ser, algum dia, Catarina?
Espero que queiras ser generosa e enviar-me lembranças.
Com todo carinho...

Esse era justamente o dia do aniversário de Catarina, porém não há menção ao significado da data. Ao ler, fiquei intrigada com a ausência de cumprimentos. Os esclarecimentos constavam da carta seguinte, datada de 30 de março de 1965. É uma resposta a duas postagens dela que ele recebeu no mesmo dia. Uma carta que demorou a chegar, escrita por ela mais de dois meses antes, e um cartão cumprimentando-o pela passagem do seu aniversário. Ele, então, confessa que foi mera casualidade ter escrito a mensagem no ano anterior, exatamente no aniversário dela. É um assombro, depois de longo silêncio, enviar algo nesse dia e depois admitir que nem mesmo se recordava do significado. Considero que ele teve pouca sensibilidade no tratamento da questão, porém constato que não tinha alternativa a não ser reconhecer o enorme descuido. Ele encontra uma saída mais honrosa, usando uma citação que menciona:

> *"Existe a casualidade, ou será que há*
> *algo metafísico que nos impulsiona a proceder*
> *de um modo ou de outro?"*
> *Tua correspondência, muito oportuna*
> *certamente, veio preencher um vazio espiritual.*
> *Agradeço-te infinitamente.*

Contou que viveu outra coincidência. Dizia respeito ao isqueiro que não pode usar durante alguns meses por falta de fluido. Levou a uma loja para limpeza, recarregaram e devolveram precisamente nessa manhã na qual as cartas dela chegaram. Ao final, declara a razão por não mais ter seu endereço. Ladrões invadiram sua casa e levaram vários pertences, além de documentos e agendas. Ele só conseguiu restabelecer a comunicação, após ela fazer contato, no ano anterior. Conclui a chamando de "querida" e enviando "carinhos".

Interessante minha mãe ter guardado os envelopes. Isso permitiu que eu captasse algumas particularidades, a exemplo do cartão enviado por Octavio desejando "muitas felicidades em 1965", embora tenha sido postado no dia 29 de março de 1965, um dia antes de escrever a carta acima. Nesse momento, cessam as correspondências da parte dele.

O último passeio de Catarina

QUANDO LI AS CARTAS antes da viagem, anotei uma lista de locais por onde o casal passava nos seus encontros, junto com o nome de hotéis e cafés que frequentavam. Resolvi iniciar nosso roteiro justamente pelo marco inicial, onde eles haviam se conhecido: a Casa Rosada. Caminhamos, Henry e eu, tão perto dela quanto nos foi permitido, fotografamos e ficamos passeando na Plaza de Mayo, em frente à Casa. Os novos tempos trouxeram gradis que impediam, tanto de chegar muito próximo da Casa, quanto de circular em determinados pontos da praça.

Vi os símbolos das Mães da Praça de Maio pintados inúmeras vezes no chão. Reproduziam a famosa marca pela qual são conhecidas em todo o mundo: o lenço branco atado por um nó junto ao pescoço. Lamentei que não fosse dia em que elas ali se reunissem: gostaria de ver essas combativas mulheres que não deixaram a dor da perda e do desaparecimento dos filhos as imobilizarem. São um exemplo de resistência e de insistência na busca dos corpos que jamais lhes foram devolvidos. Foram sempre lutadoras, e com tal afinco, que algumas conseguiram recuperar seus netos, também sequestrados durante a ditadura que durou de 1976 a

1983 e que teve, como uma de suas consequências, o estimado número de 30 mil mortos e desaparecidos. Jamais cansaram de denunciar ao mundo os crimes imprescritíveis cometidos.

Caminhar por essa praça é necessariamente uma viagem no tempo, da minha própria história e daquele país. Lembro que todas as vezes nas quais acompanhei minha mãe a essa cidade, aí passeamos. Imagino que para ela as recordações deveriam aflorar de forma aguçada. Fiz questão de me dirigir a uma via lateral, de nome Bolivar, onde nos hospedávamos em um belo hotel que se chamava City. Hoje, faz parte de uma cadeia internacional de hotéis, porém mantém City como parte de seu nome.

Como uma marcha à ré na minha existência, adentrei o enorme saguão, modernizado e ainda belo, bastante diferente do que eu trazia na memória de uns 35 anos atrás. Catarina sem

Símbolo das Mães da Praça de Maio

Hotel City

dúvida tinha predileção por esse hotel pela proximidade com o local de trabalho de Octavio. Imaginei, com um sorriso maroto nos lábios, as inúmeras vezes em que ela deve ter aproveitado minha permanência com suas amigas para encontrar seu amor nos quartos nos quais nos hospedamos. Detive meu pensamento por um momento... como era bom poder saber e reconhecer o que foi importante para uma mãe, do ponto de vista romântico — ou para um pai também, por que não? — sobretudo podendo divagar a respeito das trilhas de um amor bem desfrutado.

Vale pontuar que eu detestava quando ela me deixava na casa de suas amigas, por dois ou três dias seguidos. Eu telefonava no meio tempo, reclamava, insistia em qual momento ela iria me buscar. Que menina mais intrometida! Porém, também era o preço que ela "pagava" por ter construído comigo a relação que já descrevi. Imagino a divisão no íntimo de minha mãe e, hoje, aprecio o fato dela não ter se deixado convencer por uma garotinha "chata" e de ter escolhido viver a paixão. Essa é capaz de nos levar a atos meio loucos, impossíveis de serem imaginados até realizá-los. Por isso mesmo, a paixão é o que todos buscam, a vida inteira, das mais variadas formas. Porém, poucos conseguem viver diferentes paixões, o que acaba tornando a existência talvez menos empolgante.

Também me critico hoje em dia, pois naquela época tinha dificuldade em compreender as diferenças entre classes sociais com poderes aquisitivos díspares, com renda familiar inferior à nossa e o menor conforto das casas nas quais vivia esses poucos dias. Nunca tivemos problemas em frequentar pessoas menos privilegiadas do que nós, ao contrário. À nossa mesa, sentava todo tipo de gente para compartilhar uma refeição e uma conversa. Mas, com idade pouco além dos 10 anos, ainda não conseguia ter entendimento claro a respeito das diferenças socioeconômicas. De repente, viver na casa delas, com parcos recursos, gerava um impacto negativo sobre mim. Quem sabe essas estadias forçadas tenham me ajudado a entender que tais diferenças não são justas.

Apreciando essa turnê pelo passado, retornei à praça e tomei o rumo da Avenida de Mayo que, por óbvio, começa na praça de mesmo nome. O próximo destino seria o número 1150 dessa avenida, o Castelar Hotel & Spa, fundado em 1954. Essa jornada não seria de todo possível nos dias de hoje: o hotel encerrou suas atividades não sei exatamente em qual momento, mas imagino que por volta do início da pandemia da Covid-19, no ano de 2020, uma vez que foi inaugurado em 1929 e funcionou por mais de 90 anos.

Fiquei imediatamente encantada com o edifício, com uma arquitetura que remetia, no meu imaginário, a Paris. Soube depois que, na realidade, o arquiteto autor do projeto era o italiano Mario Palanti, nascido em 1885, e que o nome do estabelecimento foi escolhido pelo proprietário para homenagear um político e escritor espanhol do século XIX. Porém, o Castelar teve sua notoriedade no círculo literário e intelectual, uma vez que nomes famosos, como o escritor Jorge Luis Borges, frequentavam seu café.

O dramaturgo e poeta espanhol Federico García Lorca aí se hospedou quando residiu na cidade durante alguns meses. Infelizmente, não permaneceu nela e foi fuzilado, no seu país de origem, durante a Guerra Civil Espanhola. Penso que Catarina, eternamente alerta, tenha se inteirado do prestígio que cercava esse hotel. Sobretudo, imagino o valor que deva ter dado à permanência de Lorca, pois ela sempre manteve na sua mesa de cabeceira um volumoso livro, em papel-bíblia, com poesias de sua autoria. Lorca, para ela, não representava meramente um poeta, mas também um revolucionário, um lutador por causas justas, um opositor a uma ditadura.

Hotel Castelar atualmente desativado

Detalhes à entrada do Hotel Castelar

Além de tudo isso, havia uma admiração por ter uma orientação sexual totalmente inaceitável no seu país, naquele momento histórico. Para ela, que sempre apreciou os rebeldes, aí estava mais uma desobediência a uma imposição descabida.

Neste momento, vou me permitir falar um pouco da poesia que continuamente esteve presente na trajetória da minha mãe, porém mais acentuadamente após seu convívio com a língua espanhola e com Octavio. Ela retornava dessas viagens com vários livros na bagagem. Preservo apenas cinco deles. Não sei em qual ordem chegaram em casa, trazidos por ela. Conheço o apego que tinha por eles e como lia e relia essas poesias. Este é um daqueles momentos nos quais, sem certeza definitiva, posso apenas imaginar que os conheceu por meio do amor e de Octavio. A única dúvida paira sobre o volume de García Lorca. Algo me diz que ela foi atraída por essa leitura mais pela sua forma de pensar do que de amar. Certamente, comprou o livro em Buenos Aires. Porém, por interesse próprio, ou talvez por recomendação do seu irmão, um eterno revolucionário, admirador da luta contra a longa ditadura de Francisco Franco, na Espanha. Não se pode esquecer a vertente contestadora de Catarina e a influência política que meu tio exercia sobre ela.

Um dos livros que está em meu poder não é de poesia. O autor nem mesmo é de língua espanhola ou latina, embora a versão em questão seja a traduzida para o espanhol, "Compulsion". O americano Meyer Levin escreveu um romance policial com base em fatos ocorridos em Chicago, em 1924, conhecido também como "o caso de Leopold e Loeb". Levin ganhou um prêmio por esse romance. Trama superinteressante, foi transformada em peça teatral e foi levada ao cinema com o lendário Orson Welles num dos papéis principais. Uma experiência que lembra o famoso livro de Truman Capote, "A Sangue Frio". Adoraria ler o livro pelas artimanhas que originaram a história contada. Porém, quando minha mãe o colocou na estante, adendou a proibição de não mexer nele, nem ler. Isso era totalmente inusitado da parte dela, me proibir de ter acesso a algo de caráter intelectual ou artístico. Talvez por isso mesmo eu o tenha comigo até hoje, embora jamais o tenha verdadeiramente lido.

O outro livro é a antologia poética da chilena Gabriela Mistral. Estou convicta de que Catarina o adquiriu em uma fase altamente depressiva. Mistral é estupenda, mas densa. Não é fácil digerir seus escritos. O exemplar está praticamente se desfazendo e cheirando a mofo. Tenho um cuidado especial no seu manuseio e li todas as poesias. Anotei, num caderno, aquelas que me cativaram mais.

Não sou depressiva, mas sinto atração pelo peso que certas pessoas carregam na sua vivência e o tornam público. Essa abertura de algo tão íntimo e doloroso me seduz. Intelectual de destaque e erudita, Mistral nasceu no final do século XIX, já tratava de assuntos tipicamente feministas e foi a primeira escritora da América Latina a receber o Prêmio Nobel de Literatura, em 1945. Sua morte, por câncer, após longa luta contra a enfermidade, me entristece.

O terceiro livro é da poetisa argentina Alfonsina Storni. Embora tenha nascido na Suíça, também no final do século XIX, foi viver no país sul-americano aos 4 anos de idade. Ela pode se considerar totalmente argentina! Sua inquietação está presente no que escreve. Viveu muito pouco — 46 anos — até descobrir um câncer e decidir colocar fim à sua vida, de forma bastante trágica, entrando no mar escuro, à noite. Essa é uma imagem que monto, em minha mente e na minha fantasia, de diferentes maneiras, todas bastante sinistras. Acho que herdei de Catarina o fascínio por essa mulher! Para culminar, ela foi imortalizada numa magnífica canção interpretada e lançada por Mercedes Sosa em 1969, "Alfonsina y el mar".

Os dois outros livros são do poeta chileno Pablo Neruda. São esses que mais assiduamente vi nas mãos de minha mãe. Ambos da mesma editora, o primeiro foi impresso em 1956, e o outro, em 1960. O exemplar de 1956 possui capa de tecido claro e uma linda mão impressa em dourado, segurando entre os dedos o que parece representar uma longa mecha de cabelo, cor de ouro também. Lembro perfeitamente que é aquele que Catarina lia ou folheava com maior frequência. Ambos os livros têm, atrás da capa, algo como uma rubrica com três letras, totalmente ilegível e irreconhecível para mim. O mais antigo e importante se chama

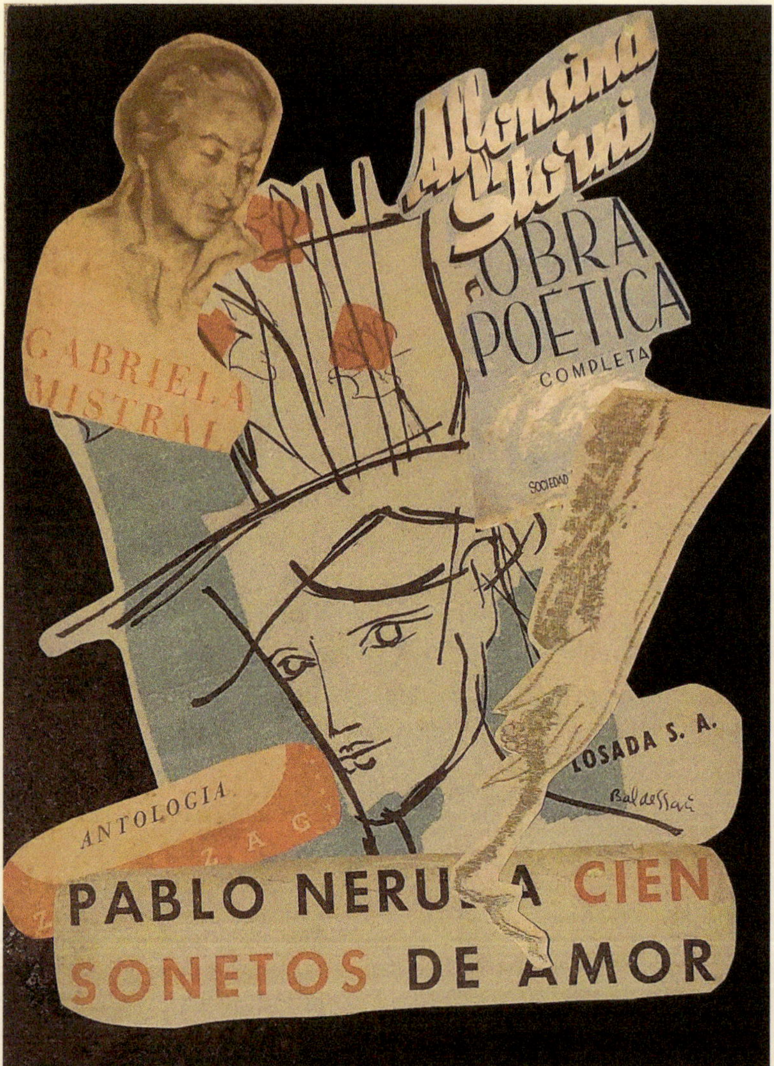

Extratos de capas dos livros de poesias

"20 Poemas de Amor y Una Canción Desesperada"; o segundo, "Cien Sonetos de Amor". As ilustrações do primeiro são lindíssimas, finos desenhos em preto e branco de autoria de Raúl Soldi, um artista plástico argentino nascido no início do século XX.

Quando criança, quase entrando na adolescência, minha mãe fazia, por vezes, eu me sentar ao seu lado, me abraçava e lia partes desse livro. Hoje sua capa de tecido está amarelada em grande parte e existem dois buracos de cupim na contracapa. A possível devastação felizmente não avançou. É nítida a lembrança daquelas páginas para as quais ela convergia sua leitura. Uma delas, o poema que traz o número 5, "Para que tú me oigas...", concentra uma angústia, natural a toda paixão. Fala de solidão e de tristeza:

(...) Antes que tú poblaron la soledad que ocupas,
Y están acostumbradas más que tú a mi tristeza.

(...) Antes de ti povoaram a solidão que ocupas
E estão acostumadas mais que tu à minha tristeza.

O poema de número 20 se intitula "Puedo escribir los versos..." e passa a impressão de incerteza e de desesperança. Fala da perda do amor, do esquecimento e de recordações. É uma mistura de sentimentos, às vezes conflitantes:

(...) Ya no la quiero, es cierto, pero talvez la quiero.
Es tan corto el amor, y es tan largo el olvido.
Porque en noches como ésta la tuve entre mis brazos,
mi alma no se contenta con haberla perdido.

(...) Já não a quero, é certo, mas talvez a queira.
É tão curto o amor, e tão grande o esquecimento.
Porque em noites como esta a tive em meu braços,
minh´alma não se contenta em tê-la perdido.

Neruda conseguiu retratar o tormento inerente a toda paixão, quando momentos de intensa felicidade se alternam com a melancolia e a representação do infortúnio. Meses e meses longe de quem amava, sem perspectiva de futuro garantido nesse relacionamento, Catarina sem dúvida sabia o que era sofrer por amor, por uma vida cheia de dúvidas e com momentos de intensa depressão. Não há qualquer incerteza quanto à sua predileção por esses dois poemas: são os únicos sublinhados no índice constante do final do livro.

Em mais uma homenagem à minha mãe, visitei as casas onde Neruda viveu, no Chile: La Chascona em Santiago, La Sebastiana em Valparaíso e Isla Negra, na comuna de El Quisco. Sobretudo em Isla Negra, pensei longamente nos poemas ao avistar o chalé no qual o poeta escrevia e trabalhava e ao mirar a força do mar do Oceano Pacífico. Meditei sobre a intensidade da paixão e do amor.

Henry e eu entramos no Castelar e rumamos para o café. Sentamo-nos e admiramos pausadamente a atmosfera de outros tempos, elegante, ainda mantida: cortinas diáfanas, balcões com mármore de diferentes cores, uma marcenaria impecável, molduras e lustres dourados, poltronas e cadeiras estofadas de veludo azul escuro, toalhas azul marinho adamascadas sobre as mesas. No piso de mármore, as cores sóbrias combinavam com o restante e formavam desenhos geométricos. Henry fez questão de tirar a caixa com flores amarelas de dentro da mochila e de fazê-la ocupar uma das poltronas. Catarina estaria no Castelar, pela última vez, "sentada" à nossa mesa. Eu escolhi um café, ele uma cerveja e fotografamos tudo ao nosso redor.

Duas cartas tornam esta jornada no Castelar imprescindível e especial. Como já citei, Catarina, além de extrovertida e muito falante, conversava com todo tipo de indivíduo que cruzasse seu caminho, independentemente de qualquer particularidade do

Isla Negra e o Oceano Pacífico

sujeito que, seguidamente, ela sequer conhecia. Tenho muito vívido na memória meu constrangimento quando entrávamos em um elevador e ela começava uma espécie de "interlocução" com os presentes, dos quais ela não esperava qualquer réplica. Eu tinha o desejo de "desaparecer"! Porém, um incontável número de pessoas era atraído por essa deferência, pelo interesse que ela demonstrava em se comunicar, até mesmo em conhecer a vida do outro, dar palpites e se envolver. Era assim que ela os seduzia, das mais diferentes formas.

Na cesta de cartas, havia um envelope com mensagem de uma senhora chamada Carmem de Peres. Era uma trabalhadora ou camareira do Castelar. Tanto o envelope quanto o papel de carta levavam o timbre do hotel. Foi uma emoção especial ler o conteúdo. A Sra. Carmem estaria certamente contestando a uma carta da minha mãe. Esta tinha por hábito trocar endereços com pessoas que vinha a conhecer, e depois remetia uma carta ou um cartão postal. Foi assim, que minha coleção de selos, quando menina, se avolumou e ela espalhou relações por onde andou.

A Sra. Carmem escreveu uma carta saudosa, em 11 de setembro de 1960. O mais importante, e que me pareceu um relato espontâneo e autêntico, foi o trecho no qual narrava que, seguidamente, ela se dirigia ao andar do apartamento 812 que minha mãe havia ocupado e se detinha ali, pensando nela. Fico surpresa com o efeito que Catarina deve ter causado no contato com essa mulher.

A correspondência que definitivamente me fez ir a esse café, foi a última enviada por Octavio, aquela de março de 1965. Ele escreve:

> *Quando passo pela Avenida de Maio onde se encontra o Hotel Castelar, não deixo de olhar a confeitaria com nostalgia e, também, com a esperança de ver-te.*

Definitivamente, todas nós mulheres gostaríamos de ler trechos com tal significado para um parceiro ou parceira de amor, seja quem for. Penso na decisão acertada de Henry, ao colocar a caixa com as cinzas representativas de minha mãe na cadeira, sem ter noção do que Octavio havia escrito: eu jamais comentei com ele essa passagem e ele jamais leu qualquer carta. Finalmente, ela estava "sentada" naquele café.

A fome bateu e escolhi o primeiro restaurante portenho no qual ela me levou para comer, na primeira viagem na qual a acompanhei. Num tradicional e famoso restaurante, numa das ruas mais

Confeitaria do Hotel Castelar

centrais da capital, comemos um maravilhoso bife, alto e suculento, acompanhado de umas batatas fritas magnificamente estufadas. Henry estampava a felicidade no seu rosto pela escolha do cardápio que mais apreciava. Dessa vez, achamos melhor manter a caixa dentro da mochila, tal o agito no restaurante.

Caminhamos muito pelo centro, chegando até a Avenida 9 de Julio com seu obelisco, marco da cidade e, sempre, refazendo a trilha do casal. Cansados, ao final do dia retornamos ao hotel. Jantamos e dormimos, aguardando o próximo dia e o que ele nos reservaria.

Obviamente, o primeiro movimento do dia foi dirigir-nos ao locutório e verificar se haveria mais alguma mensagem. Havia uma, do irmão de Octavio, justamente o Sr. Ricardo, identificando-se, pois estava usando o correio eletrônico do filho do seu sobrinho. Fornecia dois números de telefone — um fixo e um celular — e pedia que eu ligasse, pois queria muito falar comigo. Terminava com uma saudação afetuosa. Ele havia enviado a mensagem no dia anterior, às 16h39min. Outra mensagem dele, no mesmo dia às 21h53min, dessa vez usando seu correio pessoal, repetia os números de telefone, informava que vivia em Buenos Aires e esperava "atentamente" minha chamada. Também solicitava que eu informasse como e onde poderíamos nos encontrar.

Era perceptível, portanto, a sua ansiedade em fazer contato comigo. Impossível conversar com essa pessoa num locutório, sem privacidade, nem comodidade. Retornamos ao quarto do hotel para eu fazer a ligação com a calma e o ambiente adequados. Ele atendeu demonstrando alegria em falar comigo. Quanta diferença do neto de Octavio! Desculpou-se por enviar duas mensagens no mesmo dia, mas explicou que estava aflito pela nossa comunicação, sobretudo em me alertar para não falar a viva voz com seu sobrinho, nem com o filho deste. Era muito importante nos encontrarmos e conversarmos, sem que eu tivesse contato com os outros dois homens. Comecei a ficar nervosa e, muito sem graça, expliquei que, infelizmente, o contato já havia ocorrido, antes de que eu pudesse ler a sua mensagem e advertência.

Ele pareceu um pouco atordoado, mas se recuperou como quem pensa "agora não adianta mais ficar preocupado, o que eu temia já ocorreu". Era impossível para ele me encontrar naquele mesmo dia. O dia seguinte seria a nossa última oportunidade. Marcamos sua vinda ao meu hotel onde poderíamos tomar um café e conversar sossegadamente.

Restava cumprir o planejado para aquele dia e dar um destino ao que restou de Catarina. Tudo seria concluído no Parque de Palermo. Assim, seria um dia agradável, num lugar lindo e com finalização bastante significativa para o propósito dessa viagem. Chegamos ao parque com a caixa na mochila. Henry era sempre atento a tudo o que estava ao seu redor ou ao meu. Talvez o fato de ter crescido e morado numa cidade como o Rio de Janeiro, cheia de riscos, o fizera desenvolver uma avantajada "visão periférica" como ele mesmo descrevia. Ele a usava a todo momento, a partir do instante em que colocava o pé fora de casa. Estava sempre de óculos escuros para ver tudo ao seu redor, sem que notassem o quanto ele estava percebendo e até onde ele estava enxergando. Seus olhos se deslocavam para os cantos com rapidez, num tipo de varredura visual do ambiente no qual se encontrava. Mas, não apenas isso, ele também monitorava movimentos e sua velocidade.

Por esses motivos, assim que passamos das grades, adentrando o Parque, ele me alertou de que o local tinha inúmeros seguranças a postos, com seus fones de ouvido e microfones na lapela. Senti-me imediatamente vulnerável e numa cena de filme de ação. Até onde seria proibido colocar cinzas, de alguém falecido, em algum lugar no parque? Impossível ter garantias a respeito, mas um alerta havia de que deveríamos estar atentos.

Nos dirigimos diretamente ao Rosedal, afinal era onde as cinzas de Octavio haviam sido depositadas. Nos sentamos em um banco junto ao canteiro central. Henry que portava a mochila, retirou a caixa florida. Resolveu não mais guardar o saco com cinzas no seu interior para facilitar o manuseio. Porém, o manteve dentro da mochila para não atrair a atenção. Mais habilidoso do que eu, ficou encarregado de desatar os nós do barbante de juta. Primeiro nó desfeito, seguiu para o segundo. Mais apertado, dificultou

Rosedal no Parque de Palermo

o afrouxamento. Eis que, de repente, uma nuvem de cinzas se levanta. Henry conseguiu desatar o nó, mas... olho sua boca cinza e fico aturdida. Seria possível? Sim, com a boca naturalmente semiaberta, parte de Catarina adentrou a brecha.

Comecei a rir nervosamente. Henry com uma expressão de assombro, evoluiu para uma repreensão pelo meu riso e minha aparente não compreensão do significado do ocorrido: ele havia, sem qualquer intenção ou desejo inequívoco, engolido um sopro de Catarina. Impossível não gracejar com o ocorrido! Ele cuspiu diversas vezes no chão arenoso defronte ao banco e tentamos nos recompor.

Passado o assombro inicial, voltamos ao escrutínio do local e dos seguranças. Quando tudo parecia normal, Henry despejou parte das cinzas no canteiro, aos pés de umas rosas amarelas e, imediatamente, guardou o saco na mochila, atado apenas levemente. Como a terra do canteiro era recoberta de lascas de madeira, a cor das cinzas fazia um contraste muito visível com o marrom das lascas. Isso nos inquietou, era perceptível que algo distinto havia sido colocado ali.

Nos levantamos imediatamente, mantendo uma certa aparência de tranquilidade, mãos dadas como outros visitantes e nos dirigimos ao sanitário masculino mais próximo. Além de um álibi adequado, Henry pode lavar a boca seguidamente. Mas, nada disso me impediu de pensar, para sempre, que Catarina havia se alojado nas suas entranhas. Desse momento em diante, toda vez que ele fazia algo que me recordasse de qualquer atitude de minha mãe, eu brincava relembrando que não apenas ele estaria reagindo, mas também Catarina que haveria se apossado do seu íntimo. Eterna galhofa entre nós!

Cinzas no Rosedal

Saindo do sanitário, nos dirigimos ao Patio Andaluz, localizado perto da entrada por onde havíamos passado, antes de chegar ao Rosedal. O Patio tem dois ingressos: esse mais visível, bem-sinalizado, com placa indicativa da localização do Patio, e outro, mais escondido, sem indicação de acesso, entre as árvores. A propósito, para tornar mais clara a percepção do local, seria como se entrássemos num recinto usando a porta da frente, dando de cara com o que viemos ver, ou o acessássemos usando a porta dos fundos, vendo a retaguarda do que interessa. Entramos pela "porta da frente".

O lugar é lindo. Reproduz exatamente o que o nome significa: um pátio típico de algum lugar da Andaluzia, região ao sul da Espanha. Foi um presente da Prefeitura de Sevilha à cidade de Buenos Aires. O material para sua construção chegou de barco, a partir da Espanha, e inclui cerâmicas e azulejos representativos daquela região, com a marcante característica mourisca presente na azulejaria.

Chega-se ao pátio por um caminho estreito de saibro avermelhado. O pátio em si, é recoberto de lajotas também avermelhadas, entremeadas de pequenos azulejos. Uma espécie de coreto é recoberto por um pergolado de madeira branca que, além das árvores, fornece alguma sombra. Poucos degraus levam ao pátio em si, um espaço retangular com grades ao seu redor, bancos em todo o perímetro com belos azulejos andaluzes e uma fonte redonda, também azulejada, onde predomina a cor azul.

Acesso principal ao Patio Andaluz

Patio Andaluz

Chafariz central no Patio Andaluz

Para atingir o pátio, passa-se por bancos colocados longitudinalmente ao acesso. Ao chegar na área do pátio, os caminhos circundam o retângulo central, ao longo dos canteiros com vegetação. Um dos lados é bastante vizinho ao gradil de fechamento do Parque de Palermo. Quatro largos e longos bancos com encosto para as costas, recobertos de lajotas e azulejos combinando com o restante, estão colocados nos cantos desse retângulo. Quando alcançamos o lugar, vimos que um dos seguranças havia se deslocado, seguindo o nosso caminho e parando em algum ponto do ingresso ao pátio.

Controlando uma possível paranoia que não podia se abater sobre nós, reproduzimos os perfeitos turistas. Andamos pelo pátio, fizemos várias fotos, conversamos, sentamo-nos à beira da fonte como também em alguns bancos, sem pressa, e finalmente, apoiamo-nos na grade azul fazendo face ao local onde o segurança havia parado. Ele não se encontrava mais lá, tinha se deslocado a outro ponto do Parque, longe do Patio e não visível. Henry fez nova conferência da vizinhança e concluiu que não éramos observados ou vigiados.

Sentamo-nos à sombra e começamos a traçar o melhor plano para concluir o que iríamos fazer. Restava menos da metade das cinzas. A análise do local nos permitiu verificar que o trecho próximo à "saída dos fundos" seria o local mais apropriado para derramar o que restava e bater em retirada por tal passagem, chegando rapidamente ao portão do Parque. Uma movimentação rápida, mas por um atalho que não chamaria muito a atenção.

Sentei-me no grande banco ao lado dessa "saída" e Henry me fotografou diversas vezes. Em seguida, seguindo o roteiro combinado entre nós à risca, ele abriu a mochila, desatou o nó do saco e sentou-se sobre o encosto do mesmo banco. Foi, então, minha vez de fazer várias fotografias. Enquanto eu "clicava", ele retirou rapidamente o saco da mochila, girou e verteu todo o conteúdo no

Detalhe do Patio Andaluz

Cinzas sobre a vegetação

canteiro atrás do banco. Nos insinuamos pela passagem, olhando para o canteiro com uma parte da forração verde totalmente coberta pela cor cinza de Catarina e rumamos para a saída. Total mistura de sentimentos quando lá fora chegamos! Alívio por não termos sido questionados ou confrontados, sensação de missão cumprida e de uma despedida que culminava bem realizada.

Buenos Aires oferecia uma série de marcos, ícones e vestígios de um passado esplendoroso. Para Henry, viajar comigo apresentava a vantagem do conhecimento do que aquela cidade fora outrora e do que ainda poderia estar visível e presente. As novidades e modernidades eram bem-vindas, porém não podemos esquecer que tal viagem tinha essencialmente a característica da visita ao que ela havia representado... um dia.

Aproveitamos a hora do almoço para visitar o Cemitério da Recoleta, no bairro de mesmo nome, com uma reputada arquitetura idealizada por um francês e próxima do parisiense e renomado Père Lachaise. Assim é Buenos Aires, onde uma visita a um cemitério se torna obrigatória a quem quer mergulhar na história da cidade. Pessoas importantes estão enterradas lá como Evita Perón. Confesso que inicialmente havia pensado que poderia ser nesse local o túmulo de Octavio. Depois percebi que apenas famílias mais abastadas teriam esse privilégio.

Almoçamos no bairro, ao ar livre, olhando do alto a paisagem da Plaza Intendente Alvear. De lá rumamos para outra parada fundamental na cidade, o famoso Café Tortoni. Jamais ouvi Catarina mencioná-lo, mas seria impossível repetidas e prolongadas estadias, sem que tivesse estado lá. Octavio, algum amigo ou amiga teria indicado o café ou a teria acompanhado. Pensando que poderia ser mais uma referência no nosso roteiro, ali estivemos para tomar um café.

Cemitério de La Recoleta

O Café Tortoni é outro local inesquecível, com seu nome em letras *art nouveau* na fachada. Um lugar frequentado pela boemia e pela intelectualidade. Aprendi que sou fã desses cafés como Jorge Luis Borges, *habitué* de todos. Não deixa de ser uma felicidade mais essa confluência. Também tomei conhecimento que García Lorca seria outro frequentador. Alguns enormes e magníficos vitrais podem ser apreciados no teto. Com grande lotação, tivemos que nos sentar a uma mesa nos fundos do café, próxima a um busto de Carlos Gardel, famosíssimo cantor de tango. Local boêmio em Buenos Aires, certamente teria uma ligação com o tango, símbolo da cultura musical desse país.

Café Tortoni

Detalhe do teto do Café Tortoni

No restante do dia, ainda tivemos tempo para lanchar na confeitaria Richmond, também chamado de *salon de thé* como mostrado na placa pendurada na sua fachada, ao lado de uma enorme janela com bordas ovaladas, duas colunas e duas bandeiras da Argentina hasteadas nas bases das colunas. O nome Richmond, em grandes letras douradas, sobressaía na sua fachada, no edifício seguramente em estilo francês. À entrada, duas colunas douradas completavam a imponência do lugar. Estava localizada numa rua por demais conhecida dos turistas brasileiros, mais precisamente no número 468 da famosa Calle Florida. Inaugurada em 1917, a confeitaria encerrou as atividades no segundo semestre de 2011, sob forte manifestação contrária de vários segmentos, incluindo o ativismo da viúva de Jorge Luis Borges contra tal decisão da

Prefeitura da cidade. Existem informações de que grandes escritores como Antoine de Saint-Exupéry — autor do famoso "Pequeno Príncipe" —, Graham Greene e Julio Cortázar também seriam frequentadores. Borges teria participado de um grupo que se encontrava ali com frequência, denominado de Grupo Florida.

Entrar nessa confeitaria era uma regressão no tempo. Sua decoração era sóbria, elegante e a *boiserie*, a meia altura das suas paredes, era de madeira escura. Os lustres dourados no estilo *chandelier*, com luz amarelada, contribuíam para o clima de elegância típica de outra época. As confortáveis poltronas, revestidas em couro, eram do tipo que "abraçam" a pessoa quando sentada, dando uma sensação de conforto e aconchego. Um clássico, sem dúvida!

Demoramos um longo tempo no local. Nesse café, eu havia estado com Catarina alguma vez, ou mais de uma. Não recordo a minha idade, mas me lembro de comer um sanduíche misto quente, no famoso pão de miga, um pão de forma muito fininho e sem casca que é encontrado em qualquer lugar na Argentina. O garçom que nos atendeu conversou conosco. Pertencente à "velha guarda", era um saudosista dos tempos áureos do local. Estava prestes a se aposentar e já dava para perceber não apenas a tristeza, mas talvez o pressentimento de que o fim daquela referência portenha estaria próximo.

Com essa visita finalizando os passeios dedicados a Catarina, encerramos o dia e retornamos ao hotel. O dia seguinte, o último da viagem, seria dos mais importantes: a visita do Sr. Ricardo estava marcada para 11 horas. Até lá, seria necessário domar a ansiedade e a curiosidade a respeito daquilo que esse encontro me reservaria.

O elevador chegou ao andar térreo

QUANDO A PORTA DO ELEVADOR ABRIU, no andar térreo do hotel, me deparei, olho no olho, com um senhor com um largo sorriso. Era magro, estatura mediana, cabelos bem brancos e lindos olhos azuis. Dei três passos e nos abraçamos, numa inesperada conexão. Não havia almoço no hotel, apenas jantar, e o café estava fechado no momento. Falei da importância de termos um local para nos sentarmos e conversarmos. Acenderam algumas poucas luzes do café e nos deixaram ocupar uma mesa. Escolhemos aquela logo perto da entrada. Também concordaram em nos servir café e água. A tempestade nos impediria de sair à rua e a procurar um lugar adequado. Obviamente perceberam a situação especial, o senhor idoso e permitiram nossa permanência no recinto com a maior cordialidade. O bom senso se sobrepôs à regra, como deveria ocorrer inúmeras vezes.

É claro que a conversa começou como seria de se esperar: como está sendo a viagem, está gostando de Buenos Aires, o que tem feito, quando vai embora etc. O café e a água chegaram, nos servimos e continuei fornecendo as informações. Ele desejou logo saber alguns detalhes sobre a morte de Catarina: como tudo havia começado, fruto de qual enfermidade, o tempo de duração, quando havia sido, a causa da morte, e assim por diante. Também queria notícias sobre sua vida, tendo em vista as longas décadas sem informações sobre ela. Falar a respeito de tudo isso, por mais resumido que eu tentasse tornar o relato, consumiu praticamente meia hora, de modo a fornecer a ele um panorama com informações básicas.

Em seguida, chegamos à questão principal: o motivo da viagem. Descrevi a vontade de que as cinzas fossem colocadas em locais significativos para minha mãe e que, nesse contexto, Octavio e a afeição que ela também sentia pela cidade fizeram com que eu não tivesse dúvidas de que Buenos Aires seria o local a ser escolhido. Então, contei da imagem que se criou na minha mente, a "união" figurativa dos dois seres, ao depositar as cinzas simbolicamente no mesmo lugar, ou seja, na mesma cidade. Com esse intuito, eu havia lido as cartas, realizado uma busca na internet e conseguido contato com quem eu pensava ser irmão de Octavio, mas que, na realidade, era seu neto.

O Sr. Ricardo, atento até então, começou a falar. Primeiro, fez questão de frisar que apenas ele, na família, sabia da relação entre Catarina e Octavio, tanto é que havia sido remetente e cuidador zeloso do recebimento de cartas também. Falou da relação carinhosa com o irmão e da cumplicidade. Essa foi construída, sobretudo, em razão da paixão que Octavio tinha por minha mãe e que jamais teve pela mulher com a qual foi casado: Catarina foi o grande amor da sua vida. É possível imaginar minha emoção que seguidamente aflorava, sobretudo devido ao pouco tempo transcorrido entre o falecimento e aquele momento. À medida que o tempo se esvai, as emoções costumam ser mais contidas, embora ainda presentes.

Em seguida, declarou que já me conhecia e perguntou se eu não me recordava. Diante do meu espanto, sorriu e disse: "claro que não se recorda, era muito jovem!". As surpresas iam se avolumando. Contou-me que numa viagem nossa a Buenos Aires, minha mãe telefonou para ele, avisando que havia chegado à cidade. Isso havia se tornado um hábito, combinado entre os dois amantes: o Sr. Ricardo era realmente um "pombo-correio". Imediatamente, ele avisava Octavio que telefonava para onde minha mãe estava hospedada. Na época sobre a qual estávamos especificamente falando, apesar dos dois estarem mais distanciados, o mesmo esquema podia ser acionado. E assim o foi.

O Sr. Ricardo disse à minha mãe que iria imediatamente ao seu hotel. Nós duas, hospedadas no tal City, descemos ao saguão principal. Lá estava ele e minha mãe nos apresentou. Eu tinha exatos 14 anos e lembrei perfeitamente de tudo o que ocorreu. Apenas não recordava quem era aquele homem que estava escondido na minha lembrança. Catarina pediu que eu me sentasse na entrada do saguão e os dois rumaram para um sofá mais ao fundo. Após pouco tempo, vi minha mãe começar a chorar. Razoavelmente recomposta, ambos retornaram aonde eu estava. Ela com os olhos vermelhos, se despediram com um longo abraço e ele partiu.

Subimos ao quarto e Catarina caiu num pranto de desespero profundo, difícil de interromper. Perguntando sem cessar o que estava ocorrendo, finalmente ela conseguiu me dizer que Octavio estava morto e continuou por muito tempo a chorar. Com aquela pouca idade, eu apenas pude me manter presente, fazer um carinho e permanecer silenciosa. Existem momentos em que nada se pode dizer, emudecer é o mais apropriado, reflete melhor o apoio e a solidariedade. Algo como "sei que você está sofrendo, vá em frente, estou aqui".

Aquele homem fez o relato da sua parte naquela conversa, a qual não ouvi, apenas acompanhei ao longe. Já não me recordo precisamente das datas, mas havia pouquíssimo tempo que Octavio havia falecido. Por pouco, Catarina teria conseguido vê-lo pela última vez... quem sabe! Ele estava doente, mas não acamado. Estava definitivamente aposentado. Tinha problemas pulmonares, sem dúvida devido aos 40 cigarros diários que fumava. Segundo o Sr. Ricardo, ainda usava o isqueiro presenteado. Uma tarde, saiu sozinho para caminhar pelo bairro. Sofreu um infarto fulminante e caiu na rua. Conhecido por todos, chamaram a ambulância e a família, porém o socorro de nada adiantou.

Interessante, o Sr. Ricardo e eu termos nos conhecido num passado tão distante. Falamos sobre esse nosso breve encontro devido a um triste motivo. Disse que lembrava de um homem, mas não fazia ideia de quem seria. A memória me traía. Contei sobre a imensa tristeza de minha mãe. Mas, não me recordava de como havia sido o restante da nossa viagem. Ele se mostrou surpreso por eu achar que ia encontrar um desconhecido. Ficou muito perturbado quando falou da enorme semelhança física e de maneiras, entre nós duas. Mencionou que quando a porta do elevador se abriu, foi tomado pela emoção, como um retorno àquele passado, revendo alguém que teve relevância na sua vida, por intermédio do amor do irmão.

Tinha ficado extremamente preocupado com meu contato com seu sobrinho e o filho deste. Tão logo receberam meu primeiro e-mail, ele havia sido contatado para informar se conhecia essa família cuja filha aparecia de repente, após décadas, fazendo perguntas. Para poder se envolver na questão e conseguir contato comigo, ele declarou que sabia da amizade e que, certa vez, havia acompanhado Octavio numa visita. Portanto, disse que conversaria comigo e solicitou que o neto de Octavio enviasse a mensagem para que a ligação com ele fosse estabelecida, antes que maiores danos ocorressem.

Lamentavelmente, não havia funcionado perfeitamente, porém da forma como eu havia descrito a situação por e-mail e ao telefone, ele havia conseguido contornar o desconforto inicial e "apaziguar os ânimos". O problema principal residia no fato de que sua cunhada, mulher de Octavio, ainda era viva. Porém, conhecendo seus familiares, logo se tranquilizou quanto a possíveis comentários serem levados adiante, envolvendo-a. Ninguém gosta de remoer situações familiares pouco claras. Afinal, em toda família existem questões ocultas ou pouco conhecidas.

Então, tendo conseguido administrar a primeira crise, inteirou-se do que seu sobrinho havia me contado: que o Dr. Claudio Francisco teria acompanhado a mãe para deixar as cinzas no Rosedal. O Sr. Ricardo disse, com total desenvoltura, como se fossemos amigos há muitos anos: "meu sobrinho é um tonto, nem sabe o que diz. Para começar, ele sequer acompanhou a mãe nesse dia. Eu fui com ela deixar as cinzas em Palermo. Além do mais, não foi no Rosedal onde as deixamos, mas no Patio Andaluz onde namoravam antes de se casar".

Comecei a tremer, coisa muito fácil de me acontecer quando uma emoção me invade. Então, por segurança, eu havia jogado as cinzas de minha mãe em dois lugares do Parque e havia acertado? Um sorriso de felicidade tomou conta de mim. Ao mesmo tempo, não pude evitar de retomar um pensamento antigo: "Ah! Esse Octavio... que repetição ao levar suas mulheres ao mesmo Patio... quanta falta de criatividade!". Porém, imediatamente lembrei da beleza do lugar e das emoções que aquele espaço havia provocado em minha mãe. Conclui que todos nós nos repetimos incontáveis vezes, em especial nos nossos relacionamentos e que, tudo somado, Octavio não merecia ser criticado, ao menos não por isso.

Contei onde eu havia colocado o que havia restado da minha mãe e a coincidência, não apenas no que se referia às cinzas, mas aos passeios dos dois no Patio e o significado que tal local sempre teve para ela. Sorrimos! E aí, ele disse uma frase que me pareceu surreal, como se eu estivesse ouvindo uma declaração ilógica e que me fez gelar, além do frio portenho daquele momento:

— Para sermos discretos e não sermos vistos por outros, eu derramei as cinzas sobre um canteiro, atrás de um dos bancos do Patio.

— E o senhor se lembra atrás de qual banco? Porque ao redor do Patio, onde dá para jogar algo nos canteiros, existem quatro bancos.

— *Por supuesto* que lembro!

— Vou desenhar o Patio, por favor acompanhe passo a passo e me diga se está conseguindo entender e me seguir.

— Claro, me mostre.

Peguei um papel e fui desenhando, primeiro os limites do Patio para ter certeza de que o Sr Ricardo estava se localizando devidamente no meu croquis. Mostrei onde estava o gradil que fazia fronteira com a parte externa ao Parque de Palermo, o pátio retangular propriamente dito com sua fonte, os caminhos em torno dessa parte, o principal acesso para quem quisesse entrar no Patio, a partir da entrada do Parque, e onde a placa indicativa estava localizada. Finalmente, representei a posição dos quatro bancos. Enquanto eu fazia tudo isso, olhava com frequência para ele e perguntava se estava conseguindo seguir meu raciocínio e entender o que eu estava representando no meu rabisco. Ele dizia que sim, apontava algumas características, antes mesmo de eu transpor um elemento para o papel. Fiquei confiante de que estávamos em sintonia nessa abstração sobre o local.

Quando terminei o desenho, perguntei: "Senhor, atrás de qual banco jogou as cinzas?". Ele colocou o dedo sobre o desenho apontando o referido banco. Foi inacreditável o que senti. Um tremor interno, algo descontrolando meu íntimo e desequilibrando todo meu lado racional, lógico e coerente. Era impossível, "parecia" impossível, inviável, mas havíamos colocado as cinzas de Catarina e de Octavio no mesmo canteiro, atrás do mesmo banco.

Transtornada, coloquei as mãos na cabeça e declarei a ele o que havia ocorrido. Olhamo-nos com lágrimas nos olhos, porém controladas. Nos demos as mãos sobre a mesa, com carinho, afeto e cumplicidade. Sem qualquer informação e certeza da minha parte, nós os havíamos, enfim, reunido.

O banco do Patio Andaluz

Após tanta emoção, ficamos um pequeno tempo em silêncio, cada um recolocando suas emoções em equilíbrio. Finalmente, conseguimos conversar sobre este feito surpreendente, talvez fruto da capacidade que nós dois tivemos de nos dedicar, de certa forma, a esse amor que também fez parte das nossas vidas, não apenas daquelas dos dois amantes.

O diálogo se alongou, sobretudo a respeito do futuro: como eu pretendia encaminhar minha vida, como ele vivia a dele ao lado da sua companheira, quando eu voltaria à cidade, coisas desse tipo. Eu não fazia ideia de quando poderia ser meu retorno, mas certamente regressar a Buenos Aires estava nos meus planos. Afinal, sou filha de Catarina e consegui nutrir uma afeição particular pela localidade, cheia de belezas, lembranças e sítios memoráveis a visitar de forma mais prolongada. Em particular, os cafés...

Foi com nostalgia que ele declarou que era chegado o momento de partir. Nos despedimos num longo abraço, com emoção. Além de ter uma história que nos unia no passado, agora éramos duas pessoas ligadas pela representação de "um amor eterno". Retornei ao apartamento e chorei muito, pois encerrava um ciclo no que Catarina havia vivido e na minha própria vida. As lágrimas representaram também um pouco de tristeza pelas histórias de amor que quase sempre — ou às vezes nem sempre — caminham como os amantes gostariam.

Ao voltar ao Brasil, escrevi ao Sr. Ricardo, fazendo questão de pontuar o quão importante havia sido para mim nosso encontro, nossa conversa e a confirmação da união dos dois amantes ao final de mais de 40 anos. Falei que entendi um pouco mais o que havia lido nas cartas e, sobretudo, quando minha mãe dizia que a vida havia sido, com ela, muito boa, e por outras vezes, má. Mencionei que ficava gratificada por ter tido uma decisão correta a respeito das cinzas e de como ele havia possibilitado tal confirmação.

Como resposta, ele atestou a satisfação por termos restabelecido contato e uma amizade tanto presente quanto futura, bem como a esperança de que esta não fosse interrompida devido à recordação do grande amor vivido por Catarina e Octavio. Contou que lamentou profundamente não ter contato conosco, já que naquele fatídico dia no saguão do hotel City não foi capaz de estabelecer uma conexão maior, em função da notícia da qual era portador. Disse que desejava desde já um reencontro para ter maior conhecimento sobre minha mãe e, consequentemente, sobre outro lado de seu próprio irmão. Declarou, que até o final, Octavio ainda pensava em refazer sua vida junto a Catarina. Prometia, em um próximo encontro, tratar de recordar mais algumas particularidades do amor desses dois seres.

Retornei a Buenos Aires três vezes. Em todas elas, não consegui encontrar com o Sr. Ricardo. Em duas oportunidades, ele estava no seu apartamento em Mar del Plata, na praia, a mais de 400 km de distância numa viagem de automóvel. Na primeira vez, levei uma jarra de prata que pertenceu à minha mãe. Considerei importante ele ter algo dela. Deixei no hotel onde eu estava hospedada e ele foi buscar ao retornar à cidade. Ele e sua companheira demonstraram satisfação pelo presente e seu significado. Nos meus três retornos, visitei o Patio Andaluz, sempre com um maço de flores brancas que depositei no canteiro atrás daquele banco. Assim farei, todas as vezes que visitar Buenos Aires.

Ao longo do tempo, trocamos correspondências até que o silêncio se instalou e perdi contato. Em tempos mais recentes, consegui falar ao celular tanto com o Sr. Ricardo, quanto com sua companheira. Ele, sempre emocionado, voltou a comentar passagens da vida dos dois amantes. Porém, da última vez na qual estive na cidade, não foi possível revê-lo: algum tipo de demência estava avançando e impediu o que certamente representou a nossa última oportunidade de reencontro. As perguntas que ainda pairam na minha mente ficarão eternamente sem respostas.

Soube que o neto de Octavio, Sr. Claudio Francisco, faleceu pouco mais de um ano após nossa conversa ao telefone. Herança de família, infartou ainda razoavelmente jovem. Nada sei sobre os demais parentes.

Reflito seguidamente sobre situações improváveis que ocorrem e são coincidências que nos perseguem ao longo da vida, em inúmeros momentos. Não imagino que são obra e mérito de alguma divindade. Isso não faz parte de quem eu sou. Reflexiono sobre a sincronicidade, ou seja, não sobre ocorrências apresentando uma relação causal na sua essência, mas que existe uma vinculação entre alguns eventos devido ao seu significado. Isso faz mais sentido para mim, pois os episódios aqui relatados são repletos de significados, alguns enigmáticos. Existiu um inconsciente que eu deixei ser explorado. Neste momento, me reporto ao prefácio de Carl Gustav Jung ao "I Ching" ou "Livro das Mutações". Jung, psiquiatra e psicoterapeuta suíço, se interessou por esse importante livro de filosofia chinesa, considerado um oráculo. Jung se atenta ao fato de que o acaso pode interferir nos acontecimentos, deixando a natureza agir. Considero o prefácio de Jung ao "I Ching" e suas explanações sobre a sincronicidade, mais de acordo com o que vivi.

Para culminar, é fundamental mencionar que a última correspondência enviada por Octavio foi direcionada justamente a mim. É um cartão reproduzindo uma pintura feita com a boca por um artista de nome J. Rodolfos. A imagem é de uma costa acidentada, de um mar azul revolto e de um farol. Espantoso vínculo: sem saber, Octavio me enviou uma imagem de farol, estrutura que me causa grande fascínio, juntamente com os arredores onde normalmente se ergue. Não apenas pela edificação em si, com magníficos exemplares no mundo, mas também pelo significado, um facho de luz que adverte, guia e orienta. No cartão, estava escrito:

Felicidades, para a linda e estudiosa .... (meu nome),
são os desejos de Octavio – 1965

Esse é o ano da sua morte. Impossível saber quanto tempo antes, já que não há envelope para esse cartão. Incrivelmente, o último envio de Octavio foi para mim, com um farol como imagem.

O Sr. Ricardo, ao final do nosso encontro, havia mencionado que eu deveria escrever sobre esses acontecimentos, ao menos para mantê-los vivos na minha memória. Contei esta história inverossímil para vários amigos ao longo dos últimos 14 anos. Em função das repetidas conversas que tive com vários deles, reconheço o impacto inesquecível que este relato causou. Impossível definir, neste momento, a implicação profunda sobre mim mesma. Continuo digerindo esta história... sempre disse que um dia eu a escreveria. O instante finalmente chegou! Em mais um inexplicável momento casual, concluí este relato no Dia das Mães de 2023. Alguns dirão que é mentira... outros, que é fantasia...

A última correspondência de Octavio

1ª edição	maio 2024
impressão	meta
papel miolo	pólen natural 80g/m²
papel capa	cartão supremo 300g/m²
tipografia	electra